김종삼의 시를 찾아서

**이숭원**(李崇源)

1955년 서울에서 태어나 서울대학교 국어교육과, 대학원 국어국문학과를 졸업하고 문학박사학위를 받았다. 충남대, 한림대 교수를 거쳐 현재 서울여자대학교 교수로 재직 중이다. 문학평론가로 활동하여 김달진문학상, 편운문학상, 김환태평론문학상, 현대불교문학상 등을 받았다. 저서로는 『정지용 시의 심층적 탐구』, 『백석 시의 심층적 탐구』, 『세속의 성전』, 『백석을 만나다』, 『영랑을 만나다』, 『시 속으로』, 『시, 비평을 만나다』, 『미당과의 만남』, 『한국 현대시 연구의 맥락』 등이 있다.

## 김종삼의 시를 찾아서

초판 1쇄 발행 ┃ 2015년 7월 27일
초판 3쇄 발행 ┃ 2017년 7월 20일

편저자 ┃ 이숭원
펴낸이 ┃ 지현구
펴낸곳 ┃ 태학사
등 록 ┃ 제406-2006-00008호
주 소 ┃ 경기도 파주시 광인사길 223
전 화 ┃ 마케팅부 (031)955-7580~82  편집부 (031)955-7585~89
전 송 ┃ (031)955-0910
전자우편 ┃ thaehak4@chol.com
홈페이지 ┃ www.thaehaksa.com

ISBN 978-89-5966-706-2  03810

# 김종삼의
# 시를
# 찾아서

이숭원

태학사

## 이 책을 읽는 분들에게

천상병은 김종삼에 대해 '말없던 침묵의 사나이'라고 했다. 우리는 이제 이 침묵의 사나이가 남긴 시를 읽으며 폐허의 삶을 시와 음악으로 버텨 온 한 시인의 내면을 탐색하는 여행을 시작할 것이다. 가능한 한 눈과 어깨에 힘을 빼고 아주 순한 마음을 유지하려 애쓰면서 그의 시를 읽어갈 것이다. 김종삼이 그렇게 희구했던 맑은 날빛이 우리를 이끌어주기를 소망한다.

이 책은 연구자들에게 도움을 주려는 면도 있지만 일반 독자들이 김종삼의 시에 친근하게 다가가게 하는 것도 목적이다. 그렇기 때문에 김종삼의 시를 인용할 때 원본 그대로 인용하는 것보다는 내가 생각하는 정본 판단의 원칙에 의해 교정된 작품을 제시하려 한다. 『백석을 만나다』를 낼 때 '현대어 정본'이란 말을 썼다. 이것은 일반인들이 쉽게 읽을 수 있도록 현대어 표기법으로 교정한 작품을 뜻한다. 그 후 이 용어가 일반화되어 다른 사람들도 사용하게 되었다. 최근 간행된 『이용악 전집』에도 원본 작품과 현대어 정본 작품을 함께 실었다. 전문가와 일반인을 모두 배려한 기획이어서 매우 호감이 갔다.

이 책에서도 음성적 가치를 훼손하지 않는 범위에서 맞춤법과 띄어쓰기를 현대 어법에 맞게 교정한 현대어 정본을 인용한다. 그러나 김종삼이 시에 사용한 외래어는 독특한 음감을 지니고 있어서 현재 표기법으로 고치지 않고 원본 그대로 적으려 한다.

기존 발표작이 시인 생전에 발간한 시집에 수록되었을 때는 시집 수록본을 정본으로 삼는다. 기존 발표본과 시집 수록본을 비교했을 때 기존 발표본에 시인의 의사를 더 잘 반영한 구절이 있다고 판단되면 그 부분을 수용하여 교정하고 전후 사정을 설명할 것이다.

김종삼은 독특한 한자어를 시어로 활용했는데 경우에 따라서는 관용적으로 한자어를 사용하기도 했다. 시에서 의미 지표로 작용하는 한자는 원본대로 노출하여 적고 그 음과 뜻은 본문의 해설에서 밝히려 한다. 한자에 한글 음을 병기하지 않는 것은 시행의 길이나 시의 형태를 원본대로 보존하기 위해서다. 김종삼은 시행 배치에 상당히 신경을 썼기 때문에 시의 형태를 원본대로 유지하려 한다.

작품의 제목을 처음 거론할 때는 확인 가능한 범위 내에서 작품의 발표 지면도 함께 제시하려 한다. 그의 시를 이해하는 데 창작 시점이 도움을 주기 때문이다.

이 책에서 제시하는 김종삼 시의 현대어 정본이 새로운 전집을 편찬할 때 참고 자료가 되고 또 교과용 도서나 일반 도서에 많이 활용될 수 있기를 희망한다.

책 뒤에 '김종삼 시 연보'와 '김종삼 관련 시집 수록 작품 목록'을 넣었다. 나중에 전집을 새로 만드는 사람에게 도움을 주기 위해 자료 작성에 정확을 기하려 노력했다. 김종삼은 발표한 작품을 수정해서 재발표하는 일이 많았고 동일 작품을 여러 작품집에 반복해서 수록하기도 했다. 연보와 목록을 참고하면 그러한 경위를 이해하는 데 도움이 될 것이다.

이번 책도 태학사의 신세를 지게 되었다. 지현구 대표, 한병순 부장, 이보아 부장에게 깊은 감사의 마음을 전한다. 김종삼의 시를 사랑하는 분들과 출간의 기쁨을 함께 나누고 싶다.

2015년 여름

이 숭 원

# 차 례

# 1 김종삼과의 만남

## 술래잡기

김종삼의 시를 처음 읽은 것은 중학교 1학년 말이었다.

읽을거리가 워낙 부족했던 그 시절 월간지 『학원』을 정기 구독했는데, 신년 특별 부록으로 『한국현대명시선』이라는 손바닥 만 한 책이 함께 배송되었다. 구매자에게 신년 선물로 제공한 책이니 1968년 1월의 일일 것이다. 잡지의 부록으로 나온 것이어서 누가 편집한 어떤 책인지 지금은 알 수가 없다. 그러나 그 책에서 김소월의 「진달래꽃」, 김영랑의 「모란이 피기까지는」, 윤동주의 「서시」, 유치환의 「깃발」, 박목월의 「나그네」를 읽은 것은 분명하다. 나는 그 작품들을 읽으며 사람의 마음을 독특한 언어로 담아내는 솜씨에 경탄하면서 세상에는 이렇게 말을 교묘하게 부리는 시인이라는 존재가 있고 그들이 쓰는 시라는 작품이 있다는 것을 새롭게 깨달았다. 그 깨달음은 지금까지 내가

해 온 작업의 기원이 된 것이기에 그 기억은 아직도 생생하다.

그 시선집에 김종삼의 「술래잡기」가 들어 있었다. 외로운 심청을 즐겁게 하려고 술래잡기 놀이를 했는데, 눈을 가리고 사람을 찾는 그 놀이가 오히려 심청을 우울하게 했다는 내용의 시다. 어린 나이에도 그 시를 읽으며 심청전의 이야기를 기발하게 뒤집어 표현한 점이 인상적이라고 생각했다. 자잘한 사연은 생략하고 술래잡기에 관한 사연만 간결하게 보여준 점도 특이했다. 김종삼이라는 이름은 나중에 기억하게 된 것이고 그 당시에는 시의 독특한 내용 때문에 제목과 표현만을 기억에 담아 두었다. 대학에 들어와서야 그 시가 김종삼의 작품임을 새롭게 알게되었다.

심청일 웃겨 보자고 시작한 것이
술래잡기였다.
꿈속에서도 언제나 외로웠던 심청인
오랜만에 제 또래의 애들과
뜀박질을 하였다.

붙잡혔다
술래가 되었다.
얼마 후 심청은
눈 가리기 헝겊을 맨 채
한 동안 서 있었다.

김종삼의 시를 찾아서

술래잡기 하던 애들은 안 됐다는 듯

심청을 위로해 주고 있었다.

_「술래잡기」 전문(『십이음계』, 1969)[1]

이 시는 김종삼이 파악한 삶의 모습이 어떤 것인가를 잘 알려
주는 작품이다. 심청을 웃겨 보자고 시작한 놀이가 결과적으로
는 심청을 더 슬프게 하는 현실. 이것이 김종삼이 지각한 삶의
모습이다. 심청을 "꿈속에서도 언제나 외로웠던 심청"이라고 표
현했는데, 이것은 시인 자신의 내면을 투영한 구절일 것이다.
심청은 꿈속에서도 현실에서도, 심지어 아이들과 놀 때에도 외
로움과 슬픔을 벗어나지 못하는 존재다. 심청만이 그런 것이 아
니라 심청을 위해 놀이를 벌인 아이들도 마찬가지다. "안 됐다
는 듯 심청을 위로해" 준 아이들도 이미 상처를 입은 존재들이
다. 결국 심청 자신을 포함한 세상 사람들 모두가 외로움과 슬
픔의 굴레 속에 갇혀 있는 상태다.

세상이 이런 판국이라면 누구를 위해 무엇을 한다든가, 새로
운 삶을 도모한다든가 하는 것도 다 부질없는 일이 된다. 어떻
게 행동해도 인간은 슬픔과 외로움을 벗어날 수 없는 것이다.
한국시에 보기 드문 존재론적 허무주의 시편을 어린 나이에 읽
은 셈이다. 그러면서도 이 시는 감상적인 허무감은 전혀 노출
하지 않고 담담한 보고의 어법으로 구성되어 있다. 작품에 담
긴 슬픔의 기류와 감정의 습기가 없는 담백한 화법이 대조를
보인다. 그러한 독특한 기법이 어린 나에게도 특이하다는 인상

을 남겼을 것이다. 그것이 김종삼의 중요한 표현방법이라는 것은 아주 나중에야 알게 되었다.

## 시인의 죽음

김종삼의 이름이 내게 다시 각인된 것은 대학교에 들어와서다. 현대시 작품을 무분별하게 난독을 하면서 중학교 때 인상 깊게 읽었던 「술래잡기」가 김종삼의 시라는 것을 알게 되었다. 대학원 석사과정 때 김종삼의 시를 다시 만났다. 그 당시 『문학과 지성』은 분기별로 좋은 작품을 선정하여 간단한 평을 달아 재수록하는 일을 했는데, 1978년 겨울호에 「앞날을 향하여」와 「시작 노우트」를 재수록하면서 황동규의 작품론을 별도로 실었다. 이듬해 황동규의 그 작품론이 실린 김종삼의 시선집 『북치는 소년』(민음사, 1979)이 간행되었다. 그 시집을 옆에 끼고 암송하듯 읽었다.

김종삼이 세상을 떠난 것은 1984년 12월 8일이다. 그때 나는 서울 종로구 부암동 48의 4호 집에서 담요를 둘러쓰고 김종삼에 대한 글을 쓰고 있었다. 충남대학교 국어국문학과 교수로 재직하면서 방학이면 서울 부모님 계신 곳에 올라와 지냈다. 정식으로 평단에 나온 것이 1986년 4월이니까 그때는 그저 내 마음에 드는 시인에 대해 논문 형식의 글을 써서 논문집에 발표할 때였다. 나는 김종삼의 시를 카드에 옮겨 적고 이런저런 생각을 덧붙여 정리하면서 그에 대한 한편의 글을 작성하려는 준비를 하고 있었다. 결혼한 지 석 달째인 신혼 시절이어서 아내와 함께 김종삼의 시를 읽으며, 이렇게 순정한 마음의 시인이 있느냐고 공감하며 서로의 느낌을 주고받았다. 그러던 중에 신문에서 김종삼의 부고를 접했다. 나는 등단한 문인도 아니었기에 문상할 생각은 하지 못하고 집에서 아내와 함께 우리가 좋아하던 시인이 세상을 떠난 것을 안타까워했다.

김종삼 시인이 세상을 떠났으니 서둘러 김종삼론을 완성해야겠다는 생각이 들었다. 정리해 놓은 카드를 펼쳐 놓고 메모지에 개요를 작성하고 구상을 정리해 갔다. 음악에서 영감을 얻는, 정결하면서도 따뜻한 보헤미안 시인 김종삼의 내면을 어느 정도 들여다볼 수 있겠다는 착각이 들기도 했다.

그렇게 원고를 준비해 가던 어느 날 아침 아버지와 사소한 집안일로 논쟁이 벌어졌다. 아버지나 나나 다혈질이었기에 언성이 높아졌고, 분을 이기지 못한 나는, 이런 기분으로 어떻게 김종삼에 대한 글을 쓰겠냐고 정리해 두었던 카드와 메모지를 모두 찢어서 휴지통에 처박고 집을 나와 버렸다. 대낮의 서울 거리에는 만날 사람도 없었다. 김종삼의 행로를 따르듯 혼자 거리를 걸었다. "무교동과 종로와 명동과 남산과 서울역 앞을" 거쳐 남대문 시장 안에서 빈대떡을 사 먹었다. 그리고 저녁 늦게 친구들을 만나 폭음을 했다. 만취한 상태로 집에 들어오자 아내가 비틀거리는 몸을 부축했다. 방에 들어서니 아침에 김종삼 자료를 모두 찢어버린 생각이 떠올라 후회와 수치심에 머리를 책상에 파묻었다. 그때 아내가 책상 앞에 한건의 서류 뭉치를 내려놓았다. 그것은 아침에 찢어서 휴지통에 처박았던 김종삼에 대한 카드와 메모지였다. 아내는 내가 나간 사이에 찢어진 자료들을 풀과 테이프로 붙여 원상 복구를 해 놓았던 것이다. 나는 고맙고 부끄러운 마음에 책상에 머리를 다시 처박았다.

그러한 과정을 거쳐 작성한 글이 「김종삼의 시세계」(『국어교육』 53·54, 1985. 12.)다. 이 글은 후에 「김종삼 시의 내면구조」(『근대시의 내면구조』, 새문사, 1988), 「김종삼 시의 환상과 현실」(『한국현대시인론』, 개문사, 1993)로 제목이 바뀌며 재수록 되었다. 읽어주는 사람도 없는 글이지만 나로서는 애틋한 추억이 담긴 글이어서 애착이 간다. 그 글의 말미에 다음과 같은 이야기를 하였던바, 그 구절만 읽으면 치기 어리지만 순정했던 서른 살 때의 내 모습이 떠올라 가슴이 저려 온다.

전신의 고통이 하늘에 닿았다고 말한 이 시인에게서 이와 같이 충만한 인정의 세계가 표현된 것 또한 신의 기적이라고 말해야 옳을 것인지. 시인은 한겨울의 새벽에 죽음의 길로 떠났으니 그의 나이 예순 셋.[2] 그 추운 길을 밟아 그가 이를 곳이 "한결같이 아름다운/ 자연 속에/ 한결같이 마음이 고운 이들이/ 산다는 곳"(「앤니로리」)이기를 비는 마음 간절하다. 허나 그의 추측대로 막막한 바다를 헤매는 영혼 없는 방황이 계속된다 하더라도 그가 남긴 시편들이 다음과 같이 우리에게 안식과 위안을 주니 이 땅에 더 이상 미련은 없으리라.

한 골짜기에서
앉은뱅이 한 그루의 나무를
보았다
잎새들은 풍성하였고
색채 또한 찬연하였다
인간의 생명은 잠깐이라지만

_「한 골짜기에서」 전문

## 죽음 이후

한국의 일반 독자들이 기억하는 시인은 대개 『국어』 교과서
에 작품이 실린 시인들이다. 교과서가 아니면 시를 대할 기회가
별로 없고 시를 읽는다 하더라도 시인의 이름까지 기억하는 경
우는 거의 없기 때문이다. 김종삼 시인의 이름은 얼마나 알려져
있을까? 시인들에게는 높은 선호도를 지닌 이름이고 마니아까
지 형성되어 있지만 대중들에게는 생소한 이름이다. 그의 시가
『국어』 교과서에 실린 적이 없고, 최근에야 『문학』 교과서에 작
품이 실리기 시작했기 때문이다.

김종삼이 세상을 떠난 후 간행된 전집은 두 권이 있다. 장석
주가 엮은 『김종삼 전집』(청하, 1988)과 권명옥이 엮은 『김종삼
전집』(나남출판, 2005)이다. 앞의 책은 김종삼의 시를 일단 하나
로 수합하기 위해 편찬된 것으로 김종삼의 시집과 시선집, 그

외의 지면에 실린 시 169편을 수록했다. 뒤의 책은 여기에 47편을 더하여 216편을 수록했다. 작품 편수는 보강이 되었지만 자료 조사에 미흡한 점이 있어 완전한 전집 역할은 하지 못했다. 『김종삼 전집』(청하)은 절판되었고, 『북치는 소년』(민음사, 1979), 『누군가 나에게 물었다』(민음사, 1982), 『평화롭게』(고려원, 1984) 등의 시집도 지금 모두 절판이 되었다. 권명옥 시인이 애정을 갖고 출판한 『김종삼 전집』(나남)이 남아 독자들의 갈증을 달래고 있다.

생전의 그는 대중적 인기와는 거리가 먼 시인이었다. 그의 빈소는 강북성모병원 영안실에 마련되었다. 미아리 길음 시장 뒤쪽 언덕길에 있는 길음동성당에서 치러진 영결미사도 비할 수 없이 한산한 모습이었음을 황동규의 다음 시가 전해 준다.

그대 세상 뜨고
길음성당 안팎의 늦추위
점박이 눈이 내리고

길음 시장의 생선가게들을 지나
목판 위에서 눈 껌벅이는
(자세히 보면 껌벅이지 않는)
모두 입벌린
(한꺼번에 숨막혀 죽은)
생선들을 지나

얼어 있는 언덕을 올랐다

점박이 눈이 내렸다
가늘게 검정테 두르고
가운데 흰 점 박힌 눈송이들
머리와 어깨에 쌓였다
성당 정문에서 천상병 씨 부인과 인사 나눴을 뿐
문학판 사람들은 하나도 만나지 못했다
("그들은 그때 어디 있었는가, 오버?"
"프라이버시 침해하지 말라, 오버.")
낯선 문학청년 하나가
눈 맞은 머리를 숙여 인사를 했다
"사진에서 뵌 선생님이시죠?
저는 김종삼 시인을 사랑한 놈입니다
발자국을 따르다 보니 예서 그만 끝이군요
앞으로 무슨 맛에 살죠?"
내 장례식에 혹시
이런 허황되고 멋진 청년이 올까?
(온다면 깊이 잠들기 힘들리)
기억하는가, 김종삼,
그대 홀로 헤매고 다닌 인수봉 골짜기
비 갓 갠 검은 냇물 위에
환히 맴돌던 낙엽 한 장을?

그 몇 바퀴의 삶을?

그대 장례식의 이 어두운 골짜기 같은
이 황당함, 이 답답함

영결 미사가 시작되고
합창이 막을 열었다
복사가 종을 흔들자
그대는 하느님의 이상한 아들이 되어 신발 한 짝 끌고
성가 속에 잠시잠시
숨었다 나타났다 했다
몰래 따라 들어가보면
그대는 막 출발하는 버스에 매달렸다
신문지 말아 감춘 진로병을 가슴에 안고

눈이 껌벅여지지 않았다
추위 때문인가
입을 벌려도 숨이 답답했다
(마음이 얼얼하면
몸속이 환해지리)
그대 탄 버스 앞길에 자욱이 내리는 눈
점박이 눈이었다.

　　　　　　_황동규, 「점박이 눈」 전문(『현대문학』, 1986. 4.)[3]

이 시가 처음 발표되었을 때 괄호로 묶인 부분을 나는 오래도록 음미하였다. "그들은 그때 어디 있었는가, 오버?"/ "프라이버시 침해하지 말라, 오버." 이 부분이야말로 우리들 삶의 세속적 단면을 그대로 드러내는 장면이 아닌가? 문학 행사가 있다면 떠들썩하게 몰려다니던 문학판 사람들은 도대체 어디로 갔는가? 자기 관리를 잘하여 세속적 명성을 날린 문학인의 장례식은 사람들이 붐비는 모습이 마치 사교장 같다. 그들은 죽은 이를 장사지내기 위해 온 것이 아니라 죽은 이를 빙자하여 친구를 사귀러 온 사람들 같다. 그러나 시의 결벽성을 위해 육신을 소진해 버린 시인의 죽음에 대해서는 이렇듯 냉담하다. 이 시에 등장하는 "허황되고 멋진" 문학청년은 누구일까? 알 수가 없다.

김종삼이 세상을 떠난 후 추모 특집을 마련한 문학지도 거의 없었다. 『월간문학』(1985. 1.)에 아무 기사 없이 오학영의 조시가 한 편 실렸을 뿐이고, 『한국문학』(주간 조정래)이 1985년 2월호에 추모 특집을 편성했다. 『문학사상』(주간 이어령)은 1985년 1월호 표지 인물로 김종삼의 초상을 실은 다음 3월호에 김종삼 추모 비망록과 유고 시 5편을 실었다. 그 이후 한동안 김종삼의 이름은 잊혀져 갔다. 그에게는 제자도, 후배도, 계승자도 없었다. 장례식장이 한산했던 것처럼 시집 몇 권만 남기고 간 시인의 뒷마당은 지극히 쓸쓸했다.

나는 그래서 『김종삼 전집』을 솔선해서 내고 1991년에 김종삼문학상을 만든 장석주가 의인이라고 생각한다. 그가 아니었으면 누가 김종삼의 작품 전집을 냈겠는가? 그리고 경기도 남양

주시 광릉수목원 옆에 시비를 세운 시인 박중식도 의인이다. 그가 아니었으면 누가 김종삼의 시비를 세웠겠는가? 그리고 김종삼이 세상을 떠났을 때 제일 먼저 추모시를 써서 발표한 천상병 시인도 잊을 수 없다.

종삼 형님 가시다.
그렇게도 친했고
늘 형님 형님으로 부르던
종삼 형이 드디어 가시다.

언제나 고전음악을 좋아했고
사랑한 종삼 형은
너무나 선량하고 순진하던
우리의 종삼 형이 천국에 가셨다.

내가 늘 신세졌고
가르침을 주시던 종삼 형
참으로 다감하고 다정했던 종삼 형
말없던 그 침묵의 사나이
언제 내가 죽어서 다시 만나랴?
　　　　_천상병, 「김종삼 씨 가시다」 전문(『현대문학』, 1985. 2.)

　같은 보헤미안 시인의 처지여서 그런지 천상병은 김종삼의 죽음에 대해 애틋한 심정을 드러냈다. 늘 신세를 졌고 가르침을 받았고 참으로 다감다정했다고 말했으나 무뚝뚝한 도깨비로 알려진 김종삼이 그런 자상함을 보였을 리가 없다. 그것은 생활의 외곽에서 밀려난 떠돌이 시인으로서의 동질감에서 온 표현일 것이다. "그렇게도 친했고"라는 말은 생활의 처지에서 온 동질감을 표현한 것이고, "말없던 그 침묵의 사나이"라는 구절은 사실을 말한 대목일 것이다. 여하튼 9살 연하의 천상병은 김종삼을 절친한 형님으로 깍듯이 모시고 사랑했음을 고백했다.

# 2 폐허 속의 삶

## 삶의 단서들

전집류나 연구서에 나와 있는 김종삼의 연보에 의하면 그는 1921년 3월 19일 황해도 은율에서 태어나 평양에서 성장하여 평양의 광성보통학교를 졸업하고 숭실중학교를 중퇴한 것으로 되어 있다. 형 김종문이 유학하고 있는 일본으로 건너가 동경의 도요시마(豊島)상업학교에 편입하여 졸업하고 동경문화학원 문학과를 다니다 말았다고 한다. 해방 후 귀국하여 형의 집에 머물며 극예술연구회의 일원으로 연극의 음악을 담당하는 일을 했다.

1955년 국방부 정훈국에서 육군 준장 김종문이 편집 출판한 『전시 한국문학선 시편』에는 그가 1922년 생으로 동경나고야 음악학원을 졸업하고 「아데라이데」[1]로 등단했으며 연극인이라고 기록되어 있다. 정훈국장인 그의 형 김종문이 편집한 책인데 동경 나고야음악학원을 졸업했다고 표기된 것은 이상한 일이다. 김종문이 동경 아테네 프랑세를 졸업하고 귀국한 1942년 이후 김종삼은 일본에서 고학을 하며 예술 문화와 접촉했다고 한다. 그 기간 동안 그는 이곳저곳을 다니며 청강생 생활을 했던 것 같다. 1959년에 나온 『한국문학전집』에는 1922년이 1933년 출생으로 잘못 기재되었고 역시 「아데라이데」로 등단했으며 다년 간 무대생활을 한 것으로 기록되어 있다. 1961년에 나온 『한국전후문제시집』에 비로소 동경 문화학원 문학과 2년 중퇴라는 기록이 등장한다. 그리고 1967년에 나온 『52인 시집』에 출생 연도가 1921년으로 표기된다. 나중에 소설가 강석경과의 대담에서 출생 연도가 1921년이 맞는다고 시인이 밝혔다.

평양의 유지이자 기독교인이고 지식인이었던 그의 부친은 공산 치하에 제대로 적응하지 못했을 것이다. 그의 가족은 1947년경 월남하여 서울의 장남 집에 정착했다. 6·25가 일어나자 형이 육군 중령이었기 때문에 위기감을 느낀 형제들은 부모를 서울에 두고 급히 대구로 피난했다. 피난지의 참혹 속에서 김종삼은 시를 떠올리며 습작했다. 그때 착상한 것이 「돌각담」이고 데뷔작은 「원정(園丁)」이라고 몇 차례 회고했지만, 「돌각담」이 지면에 처음 보인 것은 김광림, 전봉건과의 3인 시집 『전쟁과 음악과 희망과』(1957)이고, 「원정」이 발표된 것은 『신세계』(1956. 3.)를 통해서다. 이 작품들이 먼저 발표된 지면은 지금 찾을 수 없고, 『현대예술』(1954. 6.)에 발표되었다는 「돌」도 확인이 안 된다. 지금 확인되는 지면의 첫 작품은 『신영화』(1954. 11.)에 발표된

「뾰죽집이 바라보이는」이다.

국방부 정훈국장인 형의 배려로 1955년 12월부터 정훈국 방송과에서 음악을 담당하는 일을 맡아 이후 8년 간 상임 연출자로 근무했다. 시인 석계향(石桂香)의 소개로 만나 교제한 정귀례(鄭貴禮)와 1956년에 결혼했고 딸 둘을 두었다. 1963년 동아방송이 개국하면서 연출가 최창봉의 도움으로 제작부의 음악 편성 일을 맡아 1976년 정년 때까지 근무했다. 방송국에 근무할 때도 녹음실에 음악을 틀어놓고 술을 마시며 밤을 보내던 그는 정년 이후 음주벽이 심해져 건강이 악화됐다. 간경변으로 때로 극심한 고통의 발작을 일으키고 극한적 상황에서 입원과 퇴원을 반복하던 그는 결국 1984년 12월 8일 오후 9시 30분 강북성모병원에서 세상을 떠났다.

강석경과의 대담에서 할아버지 때부터 집안이 기독교를 믿었다고 했고 자신도 어릴 때 세례를 받고 교회에 나갔다고 했지만, 그는 마지막 날까지 무신론자를 자처했다. 부인이 천주교 신자기 때문에 길음동성당에서 대세(代洗)를 받아 김베드로가 되었고 12월 11일에 영결 미사를 올리고 경기도 송추 울대리의 길음동성당 묘역에 안장되었다.

그가 생전에 남긴 시집과 그의 작품이 포함된 선집을 발행 시기 순으로 나열하면 다음과 같다.

『전쟁과 음악과 희망과』(자유세계사, 1957. 4. : 김광림, 전봉건 연대시집)

『본적지』(성문각, 1968. 11. : 김광림, 문덕수 3인 시집)

『십이음계』(삼애사, 1969. 6. : 개인 시집)

『시인학교』(신현실사, 1977. 8. : 개인 시집)

『북치는 소년』(민음사, 1979. 5. : 개인 시선집)

『누군가 나에게 물었다』(민음사, 1982. 8. 개인 시집)

『평화롭게』(고려원, 1984. 5. : 개인 시선집)


『전시 한국문학선 시편』(국방부 정훈국, 1955. 6.)

『신풍토』(백자사, 1959. 6.)

『한국문학전집 35 시집(하권)』(민중서관, 1959. 11.)

『한국전후문제시집』(신구문화사, 1961. 10.)

『52인 시집』(신구문화사, 1967. 1.)

『한국시선』(일조각, 1968. 6.)


그는 자신의 과거의 삶이나 이력에 대해 말을 거의 하지 않았
다. 자신의 시와 삶을 방기하듯 몇 마디 냉소적인 어사로 얼버
무렸다. 여기에는 생을 살아보기 전에 먼저 절망을 자각한 선험
적 허무주의자의 낭패감이 깃들어 있다. 그는 18세 때 고향을
떠나 객지 생활을 계속했다. 그의 방랑은 이때부터 시작된 것이
다. 그에게 해방은 남북의 분단이자 고향 상실이었다. 가족들이
재산과 터전을 잃고 피난민으로 전락했고 미래를 내다볼 수 없
는 막막한 어둠이 앞을 가로막았다. 피난 체험과 그 뒤로 이어
진 전쟁 체험은 예술 애호가로 살고자 했던 그의 마음을 심각하

게 타격했다. 이 정신의 상처는 영혼과 육체의 좌절감, 삶의 터전을 잃은 방랑자 의식, 죽음에 대한 과도한 반응 등을 낳게 했다. 나아갈 생의 지평이 떠오르지 않을 때 자포자기적 방기와 자조가 형성된 것이다.


## 친구와 동생의 죽음

그는 일곱 살에 죽은 친구를 회상하는 시 「개똥이」(『전시 한국 문학선 시편』, 1955)를 썼다. 이 지면이 이 작품의 첫 발표지라면 시인은 서른다섯의 나이에 어릴 때 죽은 친구를 회상하며 슬픔을 표현하고 있는 것이다. 삼십년 가까운 세월에도 소년기의 죽음 체험이 지워지지 않는다는 것은 죽음의 잔상이 어른이 된 시인에게 생생히 남아 있음을 알려준다. 이 시는 『전쟁과 음악과 희망과』(1957)에 수록되고 『52인 시집』(1967)에 다시 수록되었다. 세 판본이 조금씩 다르고 『52인 시집』은 시의 앞부분만 수록했다. 앞에서 밝힌 정본 판단의 원칙에 의해 교정된 작품을 제시하면 다음과 같다.

개똥이
― 일곱 살 되던 해의 개똥이의 이름

1

뜸부기가
뜸북이던

동둑
길
나무들은
먼 사이를 두고
이어갑니다

하나
있는 곳과

연달아 있고

높은 나무 가지들 사이에
물 한 방울 떨어 트립니다

병막에 가 있던
개똥이는 머리 위에
불개미 알만이 썰고 어지럽다고
갔습니다

김종삼의 시를 찾아서

소매가 짧았습니다
산당 꼭대기
해가 구물구물하다
보면은

웃도리가 가지런한
소나무 하나가
깡충 합니다

꿩 한 마리가
까닥 합니다


2

새끼줄 치고
소독약 뿌리고
집을 나왔습니다

해가 남아 있는 동안은
조금이라도 더 가야겠습니다
엄지발톱이 돌부리에 채이어
앉아볼 자리마다 흠이 잡히어

돌아다니다가 말았습니다

돌아다니다가 말았습니다
가다가는 빠알간
해-ㅅ물이
돌아

저기
어두워 오는
북문은 놀러 갔던
아이들을 잡아 먹고도
남아 있습니다

빠알개 가는
작은 무덤만이
돋아나고 나는
울고만 있습니다

_「개똥이」 전문


『전쟁과 음악과 희망과』에 수록된 작품을 바탕으로 일부 어
구만 현대 맞춤법으로 바꾸고 띄어쓰기는 시인의 감각을 살려
가능한 한 원본대로 적되, 원본의 마침표는 삭제했다. 이 시집
은 '~다'로 끝나는 곳에는 거의 관례적으로 마침표를 붙였는데,

경우에 따라서는 안 붙이고 건너뛴 부분도 있다. 마침표를 안 붙인 데 무슨 이유가 있는 것이 아니라 실수로 누락한 것으로 보인다. 『전시 한국문학선 시편』과 『52인 시집』에 마침표가 전혀 사용되지 않았기 때문에 마침표를 삭제하고 인용했다.

1950년대와 60년대 김종삼의 작품은 한자어를 사용한 난해한 어구들이 나오곤 했는데 이 작품은 소박한 우리말을 구사하여 시상을 표현하고 있다. 그러나 우리말 구사의 미숙함 때문에 의미가 순조롭게 전달되지 않는 부분이 여러 군데 보인다. 그는 식민지 체제에서 성장하여 1938년 이후 일본에서 지냈고 해방 후 귀국했을 때는 스물다섯의 성인이었다. 엄밀히 말하면 그는 정상적인 한국어교육을 제대로 받지 못한 사람이다. 이 세대의 사람들이 해방 후 대학을 다시 다니거나 식민지 체제하의 교육을 한국어로 재수용하는 노력을 기울였는데 그에게는 그럴 기회도 없었다.

그의 초기 시에 비문법적 구문이 나오고 난해한 한자어가 나오는 것은 표현의 새로움을 추구한 결과가 아니라 한국어 구사의 미숙성에서 온 것이다. 이 점에서 있어서는 비슷한 연배의 김수영이나 전봉건도 마찬가지다.

우리 말 구사의 미숙함에도 불구하고 이 시는 자연의 정경을 통해 화자의 심정을 표현하는 데 주력하고 있다. 처음에 뜸부기의 울음소리를 배치하여 자연스러운 회상을 유도한 점, 늘어선 나무들의 정경과 한 방울 물이 떨어지는 모습을 통해 죽음에 다가가는 아이의 모습을 떠올리게 한 점, 일곱 살 어린애의 짧은 소매를 소나무 몸체의 깡총함과 대비한 것, 어두운 북문을 아이들을 잡아가는 죽음의 상징으로 본 것, 붉은 햇살과 붉은 무덤을 두려운 죽음의 표상으로 받아들인 것, 개똥이의 현기증을 머리 위에 슨 불개미 알 때문인 것처럼 표현한 것 등이 모두 그렇다. 어린 시절의 회상이기 때문에 자연 형상에 많이 의존했을 것이다. 첫 행에 나오는 "뜸부기가/ 뜸북이던"은 훗날 「글짓기」(『심상』, 1980. 5.)에 "뜸북이던/ 뜸부기 소리도/ 지금도 들리다가 그친다"로 재구성된다.

끝부분에 "나는 울고만 있습니다"라고 감정을 직접 토로한 것도 초기 시로서는 이채로운 부분이다. 초기 시에는 감정을 직접 드러내는 구절이 거의 없기 때문이다. 자신의 어린 시절 친구인 개똥이의 죽음을 소재로 한 것이기 때문에 어린아이의 반응을 그대로 제시했을 것이다. 어두운 북문을 아이들을 잡아먹고도 그대로 남아 있는 공포의 대상으로 인식했다는 점에서 세계를 두려움의 대상으로 바라보는 어린애의 시각을 유지하고 있다. 그러한 공포감은, 병막에서 개똥이를 본 후 조금이라도 빨리 그 자리에서 벗어나기 위해, 해가 지기 전에 조금이라도 더 멀리 가려고 "엄지발톱이 돌부리에 채이"면서 급히 걸음을 옮기는 모습으로 전환된다. 죽음에 대한 공포와 죽음에 대한 슬픔이 이 시에 구분되지 않은 상태로 혼재되어 있다.

「오동나무가 많은 부락입니다」(『신세계』, 1956. 10.)도 회상의 시다. 자신의 어린 시절 어머니도 계시던 추억의 마을을 "오동나무가 많은 부락"이라고 표현했다. 오동나무는 높이 자라고 잎

김종삼의 시를 찾아서

도 풍성하다. 그런 오동나무가 많은 부락이라면 매우 풍요로운 모습일 것이다. 「쑥 내음 속의 동화」(『지성』, 1958. 9.)에 풍식이란 친구가 하모니카로 부는 곡이 '스와니 강'이라고 밝힌 것을 보면 어릴 때부터 이 곡에 관심이 많았음을 알 수 있다. 이 시의 배경이 용당포라는 바닷가 근처로 되어 있으니 그의 출생지인 은율의 추억을 나타낸 것이다.

「여수(女囚)」(『누군가 나에게 물었다』)는 "다섯 살인가 되던 해" 보모를 따라² 자혜병원 앞문을 지나 여자 죄수의 모습을 보고 그 근처에서 어떤 여인을 방문한 기억을 시로 옮긴 것이다. 자혜병원은 평양에 있던 도립병원이다. 그 병원 근처에 형무소가 있었던 것 같다. 「아데라이데」는 "꼬마 때 평양에 있을 때" 할머니가 입원해 있는 기독병원을 방문한 기억을 시로 썼다. 기독병원은 북장로교의 외국인 의료 선교사가 세운 병원이다. 도립병원인 자혜병원에 비해 상당히 깨끗하고 의료 시설도 좋았을 것이다. 김종삼은 마치 모차르트 '아델라이데'의 바이올린 선율을 재현하듯 그 병원의 정갈하고 화사한 모습을 정성을 다해 묘사하고 있다. 그의 시에 미션계 병원 이미지가 자주 등장하는 것도 이 기억의 영향일 것이다. 앞의 「쑥 내음 속의 동화」와 이들 시편을 비교해 보면 황해도 은율에서 출생했지만 부친이 평양에서 활동했기 때문에 은율과 평양을 오가며 성장한 것으로 짐작된다.

「운동장」(『한국문학』, 1978. 2.)은 열서너 살 때 두세 살 된 동생을 데리고 평양고등보통학교 운동장에 놀러갔던 기억을 시로 썼다. 이 시를 통해 김종삼의 동생 김종수가 열한 살 정도 차이가 난다는 것을 알 수 있다. 그 동생이 스물두 살에[3] 결핵으로 세상을 떠났다고 나중에 「장편(掌篇)」(『세계의 문학』, 1984년 가을호)에서 언급했다. 이것을 근거로 동생이 세상을 떠난 연도를 계산하면 1953년이 된다. 죽은 동생이 그의 시에 처음 등장하는 것은 「현실의 석간」(『자유세계』, 1956. 11.)을 통해서이니 세상 떠난 사람이 시에 등장할 만한 시간적 간격을 감안하면 1953년 추정에 합리성이 있다. 「허공」(『문학사상』, 1975. 7.)에 "15년 전에 죽은 반가운 동생이다"라는 구절이 나오는 것은 정확한 햇수를 말한 것이 아니라 어감을 고려한 시어 선택으로 보인다.

## 또 다른 삶의 자취들

김종삼의 가족이 월남한 것은 1947년이 거의 확실한 것 같다. 「민간인」(『현대시학』, 1970. 11.)에 "1947년 봄 심야"라는 시점이 나오고 「달 뜰 때까지」(『문학과 지성』, 1974년 겨울호)에도 "해방 이듬 이듬해 봄"이라는 시간이 제시되기 때문이다. 1950년 6·25가 터지자 서울에 양친을 남겨 놓고 수원에서 조치원을 넘어 남쪽으로 피난을 갔고 7월 초순경 어떤 밭이랑에 쓰러졌다가 나중에 깨어나 「돌각담」의 시상이 떠올랐다고 짤막한 산문 「피난길」(『문학사상』, 1975. 7.)에서 고백했다. 다시 부산으로 피난 간 김종삼은 거기서 동경 유학 시절부터 알던 평안남도 안주 출신의 전봉래를 만났는데 전봉래는 1951년 2월 16일 부산 광복동의 스타 다방에서 음독자살했다. 이 죽음이 김종삼에게 준 충격은 컸다. 특히 그가 죽을 때 바흐의 음악을 틀어달라고 한 것도 그에게 강하게 각인되었다. 그는 전봉래에 관련된 시를 세 편 썼다.[4]

약력에 '연극인', '무대생활' 등으로 소개된 것처럼 국방부 방송과에 근무하면서도 연극의 음악 효과를 담당하는 일을 함께 했던 것 같다. 『조선일보』(1958. 6. 13.)에 발표한 「추가(追加)의 그림자」라는 시에는 '김규대(金圭大) 형에게'라는 부제가 붙어 있다. 김규대는 연극 연출가로 육군 방송국 창설 멤버이며 서라벌 예대 강사를 하면서 서울중앙방송국의 연출도 한 사람인데, 1958년 4월 22일 30대의 젊은 나이에 심장마비로 세상을 떠났다. 그와 연극 활동을 같이 한 김종삼이 추모의 시를 발표한 것이다.

동아방송에 취직한 다음에도 연극의 배경음악 맡는 일을 계속했던 것 같다. 김영태의 회고에 의하면 자유극장에서 최인훈의 「어디서 무엇이 되어 만나랴」를 공연할 때 배경음악을 부탁했고, 그 외에도 몇 편 창작극 음악을 맡았다고 했다.[5] 「어디서 무엇이 되어 만나랴」의 초연은 1970년 11월이고 1973년에 다시 공연되었으니 그가 방송국에 재직할 때의 일이다.

김종삼의 양친이 세상을 떠난 것이 언제인지 확실치 않다. 권명옥이 다음과 같은 기록을 남겨 놓았는데 사실 여부를 지금 확인하기는 어려운 형편이다.

양친은 이후에도 한동안 더 얹혀 지내다 성북동 골짜기 마가리에 셋집을 얻어 따로 나와 살았다(이 셋집에서 부친은 연탄가스 사고 중독으로 후유증으로 작고했다). 모친은 만년의 한 해 가까이 2남 김종삼 집(월세 방)에 기거했다. 임종이 가깝자 성북동 164-1번지로 며느리(정귀례)를 앞세우고 찾아 갔으나 문전박대 당하고 근처 혜화동 대학병원으로 이동 중 택시에서 운명했다. 그 길로 포천시 소재 부인터 공동묘지로 곧장 가서 장례 절차 없이 부친 묘소 곁에 매장하였다(양친의 묘소는 이후 망실되고 말았다. 김종삼 생전의 일이다).[6]

그의 시 중 어머니의 무덤과 관련된 시로 「지(地)」(『현대시학』, 1969. 7.)가 있다. 이 시에 "어두워지는 풍경은/ 모진 생애를 겪은/ 어머니 무덤/ 큰 거미의 껍질"이라는 구절이 나온다. 또 「67년 1월」(『현대시학』, 1970. 5.)이라는 시에는 가난한 친구의 일이라고 하면서 "얼마 전 아버지가 묻혔다./ 한 달 만에 어머니가 묻히었다."라는 구절이 나온다. 친구의 일을 빗대어 자신의 이야기를 한 것이라면 1967년 1월이 그의 모친이 세상을 떠난 시기일 수 있다.

그는 사랑 시를 몇 편 썼는데 막연한 그리움을 표현한 작품이 대부분이다. 그런데 『월간문학』(1978. 1.)에 발표한 「뜬구름」은 상당히 구체적인 대상을 전제로 하고 있어 그가 한 여성 시인과 사랑을 나누었다는 풍문을 떠오르게 한다. 기존의 전집에 수록되지 않은 작품이어서 전문을 소개한다. 김종삼 시의 개성을 잘 나타낸 작품이다.

　나는 나와 같이 고아로서 자라온 여자 친구와 함께 더위가
한창이던 남해 어느 선창에서 말린 피문어 한 축을 사 들었다.
　똑딱선에서 씹었다 바닷가에서 씹었다 온 종일 씹었다 소
주를 많이 먹었다 그날부터 오랫동안 사귀어 왔기에 친숙한
그 여자와 헤어지는 날이었다.

　나는 그로부터 살아갈 수 없이 되었다.

_「뜬구름」 전문

　김종삼이 고아가 아니었기에 "나와 같이 고아로서 자라온 여
자"라는 표현은 허구일 것이다. 그만큼 자신과 마음이 통하고
동질감을 느끼는 여자라는 뜻이리라. 한여름 남해 선창에서 말
린 문어를 사서 같이 나누어 먹었음을 이야기했다. 어째서 피문
어였을까? 살이 연해지도록 오랫동안 씹는 행위와 씹을수록 우
러나는 문어의 맛을 통해 두 사람 사이의 마음의 교감을 표현하
려는 의도였을까? 화자는 피문어를 씹고 또 씹었다고 강조했다.
하루 종일 피문어를 씹은 그 인상적인 첫 만남으로부터 오랜 사
귐의 시간이 있었고 오래 사귄 만큼 이제는 헤어질 시간이 된
것이다. 시의 문맥은 미묘한 구문으로 되어 있어서 헤어지는 그
날에도 피문어를 오래 씹은 것 같은 느낌을 전달한다. 어쨌든
그 여자와 헤어졌고 그 이후 자신이 "살아갈 수 없이 되었다"고

고백했다. 그의 폭음과 자학과 방랑의 요인이 여기에도 있었던 것일까? 여하튼 한 여자 친구와의 만남과 헤어짐의 사연이 담긴 이 시를 그의 시집에는 수록하지 않았다.

이와 비슷한 시기에 발표한 「산」(『월간문학』, 1978. 10.)에는 높은 산의 절경을 보며 "항상 마음이 고왔던/ 연인의 모습이 개입한다/ 나는 또 다시/ 가슴 에이는 머저리가 된다"는 구절이 나온다. 여기 나오는 '연인'도 같은 대상이 아닐까 짐작해 본다.


## 기독교와 음주

그의 집안이 기독교를 믿었던 만큼 기독교의 분위기가 그의 시에 초기부터 짙게 나타난다. 「오동나무가 많은 부락입니다」(『신세계』, 1956. 10.)에는 "어머니의 뱃속에서도"라는 시행과 "세례를 받던 그 해였던"이라는 시행이 병치되는데, 이것은 그가 모태 세례나 유아 세례를 받은 것 같은 암시를 준다.

「받기 어려운 선물처럼」(『전쟁과 음악과 희망과』 수록)에서는 주일(主日)을 모두가 안식하는 날로 받아들이고 "저 어린 날 主日 때 본/ 그림/ 카드에서 본/ 나사로 무덤 앞이었다는/ 그리스도의 눈물이 있어 보이었던/ 그날"이라고 표현하고 있다. 이 시에 "따시로웠던 버호니(母性愛)의 눈시울을 닮은"이라는 구절이 나오는데, '버호니'라는 말은 무슨 뜻일까? 괄호 안에 '모성애'라는 말을 병기하여 뜻은 알 수 있게 했다. '버호니'는 어디서 온 말일까?

우리는 김종삼이 프랑스어 유래의 시어를 자주 사용했음을 알고 있다. 그가 좋아하는 음악가로 거론한 모리스 라벨, 클로드 드뷔시가 프랑스 사람이고 「마스크와 베르가마스크」를 작곡한 사람 역시 프랑스 작곡가 가브리엘 포레다. 그의 시 「라산스카」(『자유문학』, 1961. 12.)와 「단모음」(『현대시』, 1963. 12.)에 나오는 "루-부시안느"는 파리 근교의 아름다운 지역 루브시엔느(Louveciennes)로, 카미유 피사로, 알프레드 시슬레, 피에르 르누아르 등이 명품 풍경화를 남긴 장소다.

이와 관련해 볼 때 '버호니'는 'Veronique'의 불어 식 발음을 음차(音借)한 것이 아닌가 짐작된다. 베로니카(Veronica)는 예수가 십자가를 지고 골고다 언덕을 오를 때 땀을 닦으라고 수건을 꺼내 준 여인의 이름으로 전해지는데, 그 공적으로 나중에 성녀로 인정받았다. 만약 김종삼이 베로니카에 대해 알고 그것을 '버호니'로 표기한 것이라면 그의 기독교 전승에 대한 지식이 상당한 수준임을 인정하게 된다.

그는 과도한 장기 음주로 인한 간경변으로 세상을 떠났다. 그의 시에는 과도한 음주에 의한 발병과 병고의 과정이 자연스럽게 드러나 있다. 앞의 「뜬구름」에서 사귀던 여인과 이별함으로써 살아갈 수 없이 되었다고 고백한 것처럼, 술을 먹게 된 배경과 폭음에 의한 병세를 자세히 서술했다.

『조선일보』(1975. 6. 4.)에 「원정(園丁)」을 발표하면서 '시작 메모'에 장기간 소주를 과음한 탓에 작년 이맘 때 병원에 입원해서 혼수상태에 있었는데 그 혼수상태에서 쓴 작품이라고 밝히고 있다. 그러나 시의 내용은 밝은 평화의 시상으로 구성되어 있다. 「앞날을 향하여」(『심상』, 1978. 8.)에서도 십여 일 사경을 헤매다 살아났다고 했다. 「아침」(『문학사상』, 1979. 6.)에서는 지옥으로 끌려가는 것 같은 최악의 고통 때문에 수면제와 신경안정제를 먹고 자살을 기도했음을 시로 썼다. 첨부된 산문 「주책바가지」에서 자신의 병세를 자세히 언급했다. 「나의 주」(『문학사상』, 1982. 10.)에 첨부된 산문에서도 "십여 일 동안 술만 먹었다. 술이 주식이었다."라고 음주 중독 현상을 고백했다. 「등산객」(『월간문학』, 1982. 9.)에서는 "나는 살아갈 수 없는 중환자이다"라고 단언한다. 그는 자신의 죽음을 예감하면서도 억제할 수 없는 술로 자신의 죽음을 앞당기고 있다. 「극형」(『현대문학』, 1982. 12.)에서는 구멍가게에서 술 한 병을 도둑질하는 장면을 보여주는데 이것도 실화일 것이다.

그가 세상 뜨기 직전에 발표한 「장편」(『세계의 문학』, 1984년 가을호)에서 자신의 형 김종문이 먼저 죽었음을 이야기하면서 "내가 죽고 살고 싶어 했던 그가 살았어야 했을 것이다"라고 썼다. 형에 대한 애증이 교차하는 대목이다. 이어 스물두 살 때 결핵으로 죽은 동생의 이야기를 하며 "나는 그때부터 술꾼이 되었다"고 단언했다. 삶의 터전을 잃고 뿌리 뽑힌 존재가 되어 몰락한 이산가족 신세가 됨으로써 술꾼이 되었다는 고백이다. 연약한 알코올 의존증 환자의 자기합리화일 수 있겠으나 예술 애호가로 곱게 살아온 그의 내면은 참혹한 현실을 감내할 수 없었을 것이다.

그에게 그나마 위안을 준 것은 음악과 시였다. 그러나 그것이 주는 위안은 험악한 현실의 위압에 비하면 너무나도 순간적이고 유한한 것이었다. 결국 그의 유약한 내면은 술이 주는 몽롱한 도취에 젖어들게 되었고 그 종착지에는 간과 혈관이 파괴되는 육체의 파탄이 기다리고 있었다. 그래도 64세로 세상을 떠나는 날까지 230편이 넘는 시작품을 남겼고 그 작품들이 우리에게 위안을 주니 그가 이 세상에서 할 일은 다 한 것이라고 말해야 옳을 것 같다.

# 3 전쟁 난민의 상처

## 피난길의 「돌각담」

앞에서 살핀 대로 김종삼은 일본서 귀국한 후 주로 서울의 형 집에 머물며 연극 활동을 했다. 1947년경 그의 가족이 38선을 넘어 월남한 후에도 한동안 형 김종문의 집에 기거했다. 6·25가 나자 현역 육군 중령이었던 형의 신분 때문에 가족들은 어떻게든 서울을 떠나 피난길에 올라야 했다. 그러나 무슨 사정 때문인지 양친은 서울에 두고 김종삼이 동생을 데리고 피난을 떠났다. 그 과정을 짧게 회고한 글을 옮기면 다음과 같다.

그때 나의 뇌리와 고막 속에선 바흐의 「마태 수난」과 「파사칼리아 둔주곡」이 굉음처럼 스파크 되고 있었다.
걷고 걷던 7월 초순경, 지칠 대로 지친 끝에 나는 어떤 밭이랑에 쓰러지고 말았다. 살고 싶지가 않았다.

얼마나 지났던 것일까, 다시 깨어났을 때는 주위가 캄캄한 심야였다. 그러면서 생각한 것이 「돌각담」이었다. (……)

내 형은 현역 육군 중령이었으며 6·25가 발발하던 다음날 헤어진 뒤로는 소식이 끊어졌다. 반동 가족들은 모조리 참살한다는 소문을 들으면서 수원에서 조치원, 그곳에서 다시 남쪽을 향하여 노숙을 하며 걸었다.

나의 양친이 피난을 못 떠나고 서울에 남아 있었던 것이다.

"환난의 날에 나를 부르라, 내가 너를 건지리니"라는 그리스도의 말도 무색하였다.

나는 그 뒤부터 못 먹던 술을 먹게 되었다. 무료할 때면 시작이랍시고 끄적거리는 버릇을 가지게 되었다.[1]

이 인용문에서 우리가 얻어낼 것이 몇 가지 있다. 첫째 그는 늘 음악을 통해 사유한다는 점이다. 바흐의 「마태 수난」과 「파사칼리아 둔주곡」을 통해서 당시의 정황과 자신의 심정을 드러내려 했다. 「마태 수난」을 통해서 당시의 수난상과 침통함을, 「파사칼리아 둔주곡」을 통해서 죽음의 고통 속에서도 계속 걸을 수밖에 없는 운명적 상황을 나타내고자 한 것이다.

다음에는 자신의 시 「돌각담」이 바로 그 수난의 고통 속에서 떠올랐다는 점이다. 그 상황에서 그것을 '지었다'고 하지 않고 '생각했다'고 했다. 그는 다른 글에서 「돌각담」을 쓴 것은 "6·25 직전, 내가 서른을 갓 넘었을 때"[2]라고 했다. 이 구절은 전쟁 직전에 써 두었던 「돌각담」이 피난의 수난 속에 더 선명히 떠올랐다는 뜻으로 읽힌다.

또 하나는 음주와 창작이 6·25의 수난 때문이라는 그의 자의식이다. 6·25의 참상을 겪으면서 고통을 잊기 위해 술을 먹게 되었고 고통과 극복의 과정을 표현하기 위해 시를 썼다는 이야기로 읽힌다.

그가 6·25와 관련하여 두 번이나 언급한 「돌각담」은 『전쟁과 음악과 희망과』에 실리고 『한국전후문제시집』에도 실렸는데 두 시의 형태가 다르다. 개인 시집 『십이음계』에 실린 것이 『전쟁과 음악과 희망과』에 실린 작품과 형태가 같으니 시집의 작품을 정본으로 삼으면 될 것이다. 시인이 형태에 유념한 작품이니 교정하지 않고 그대로 인용하겠다. 원본이 세로쓰기 조판으로 되어 있음을 감안하면 시의 형태가 돌담의 모양을 형상한 것임을 알 수 있을 것이다.

廣漠한地帶이다기울기
시작했다잠시꺼밋했다
十字型의칼이바로꼽혔
다堅固하고자그마했다
흰옷포기가포겨놓였다
돌담이무너졌다다시쌓
았다쌓았다쌓았다돌각
담이쌓이고바람이자고
틈을타凍昏이찾아들었

다포겨놓이던세번째가

비었다.

_「돌각담」 전문

이 시는 전체적으로 어두운 이미지가 지배하고 있다. 기울음, 꺼밋함(컴컴함), 칼이 꽂힘, 무너짐, 빔 등의 어구가 환기하는 이미지는 불안과 절망, 고통과 상실의 의미를 나타낸다. 그런데 이 어두운 이미지가 전개되는 중간에 흰옷포기, 돌담을 쌓음, 바람이 잠 등 비교적 밝은 이미지가 개입함으로써 이 시는 단조로움에서 벗어나게 된다. 밝음과 어둠의 교차는 움직임과 움직이지 않음의 교차와 대응을 이룬다. 상호 대조적인 이미지가 미묘하게 교차하면서 죽음의 불안 속에 잠재해 있는 생명의 잔존을 구조적으로 환기한다. 전봉건과 이승훈이 이 시에 대해 대담을 하며 사랑과 연민의 정을 발견한다고 언급한 것(『현대시학』, 1973. 4.)도 이와 관련이 있을 것이다. 여기 나타난 상호 대조적인 것의 입체적 교차는 이후 김종삼 시의 중요한 작시원리의 하나로 자리 잡는다.

이러한 명암의 교차는 삶을 어둠과 밝음의 교차로 인식한 김종삼의 의식에서 발현된 표현방법이다. 고난의 피난길에 그를 위안해 준 음악의 선율이 그에게는 어둠 속에 비치는 밝은 빛으로 인식되었던 것이다. 세상은 어둠만으로 존재하는 것도 아니고 밝음만으로 지속되는 것도 아니다. 그 둘이 미묘한 교호작용을 일으키며 굴절과 교차를 이루는 것이 생이다. 탈향과 전쟁과 피난의 체험 속에 그에게 그러한 의식이 싹텄을 것이다.

"凍昏(동혼)"이라는 시어에 대해 설명이 필요할 것 같다. 이 단어는 사전에 나오지 않는다. '동결(凍結)'이라는 말에서 '동'을 가져오고, '황혼(黃昏)'이라는 말에서 '혼'을 가져와 합성한 조어이니, "얼어붙은 황혼"으로 해석될 수 있다. 황혼은 어둠이 오는 시간인데 거기 얼어붙었다는 의미를 부가하여 음울한 분위기를 고조한 것이다. 김종삼은 이런 식의 조어를 자주 사용했다. 「G 마이나」(『전쟁과 음악과 희망과』, 1957)에 나오는 "神羔(신고)"도 김종삼의 조어인데 이것은 한자를 잘못 사용한 것으로 보인다. '神羔'는 "하느님의 어린 양"이라는 뜻으로 해석되는데, 김종삼은 '神羔'를 '신양'으로 읽는다고 착각하고 쓴 것 같다.[3]

그러면 '돌각담'은 무엇인가? 이것은 돌무더기도 아니고, 돌무덤도 아니요, "돌로 쌓은 담"이다. 김종삼이 시에서 "돌담이무너졌다다시쌓았다"라고 했으니 여기에 대해서는 재론이 필요 없다. '십자형의 칼'을 비목으로 보거나 '흰옷포기'를 굳이 죽음의 상징으로 볼 필요가 없다.

이 시의 상황을 산문으로 서술하면 이렇다. 광막한 지대가 한쪽으로 기우는 듯 불안하게 느껴지고 어둠이 잠시 깃든다. 십자 모양의 칼이 꼽히는데 다행히 위압적이지 않고 견고하고 자그마하다. 거기 흰옷가지가 겹쳐 놓인다. 돌담이 무너지자 그것을 계속해서 다시 쌓았다. 어느 정도 돌각담이 쌓이자 바람이 잔잔해지고 그 틈을 타 얼어붙은 황혼이 잦아들었다. '잦아들다'에는 두 가지 뜻이 있다. "잔잔해지다"라는 뜻과 "스며들

다"라는 뜻이다. 여기서는 두 가지 뜻이 복합적으로 작용한다
고 보아도 좋다. 동혼이 희미해지면서 어둠 속으로 스며드는
시각적 영상을 떠올리면 될 것이다. 이것으로 상황이 완결되는
듯했지만 "포겨놓이던세번째가비었다"고 했다. 포개 놓이던 대
상이 옷가지인지 돌담인지 분명치 않다. '쌓았다'라는 행위가
전개된 것은 돌담이므로 돌담의 세 번째 부분이 비었다고 보는
것이 합리적이다.

『전쟁과 음악과 희망과』 수록본에는 "하나의 前程備置"라는
부제가 달려 있다. 전정 비치란 앞길에 무언가를 비치한다는 뜻
이다. 암울한 상황에서 돌담을 쌓아 앞날에 대비하려고 했는데
세 번째가 비게 되었다는 뜻으로 해석이 가능하다. 결국 시인의
전정 비치 작업은 불완전한 상태로 끝난 것이다. 이후 그의 시
에 전쟁과 피난의 상황이 표현될 때는 늘 이 실패와 좌절의 상
흔이 겹쳐진다.


## 대조적 이미지의 교차

김종삼 시의 중요한 작시원리의 하나로 지적한 대조적인 이
미지의 교차에 대해 하나의 예를 더 들어 부연 설명을 하겠다.
앞에서도 말한 것처럼 이 교차적 구성방법은 삶에 대한 그의
독특한 인식에서 발현된 것으로 보인다. 이것은 말년의 시에
이르기까지 지속적으로 사용되어 그의 시의 문법으로 자리 잡

는다.

> 비 바람이 훼청거린다
> 매우 거세이다.

> 간혹 보이던
> 논두락 매던 사람이 멀다.

> 산마루에 우산
> 받고 지나가는 사람이
> 느리다.

> 무엇인지 모르게
> 평화를 가져다준다.

> 머지않아 원두막이
> 비게 되었다.

_「원두막」 전문[4]

첫 연은 비와 바람이 거세게 부는 어두운 장면으로 시작한다. 비바람이 심하게 몰아치기 때문에 간혹 보이던 논두렁 매던 사람도 멀리 있는 것처럼 희미하게 보인다. 바람이 조금 잔잔해졌는지 산마루에 우산 받고 지나가는 사람이 느리게 보인다고 했다. 어둡고 강하게 움직이던 장면이 정적인 장면으로 변화하는 단계다. 그다음 넷째 연에서 "평화를 가져다준다"는 말을 했다. 그 평화에 대해 "무엇인지 모르게"라고 단서를 단 것은 조금 전까지도 사납게 몰아치던 거친 장면이 어느새 이렇게 평화로운 장면으로 바뀐 데 대한 의구심의 표현이다. 그러니까 이 평화는 완전히 고정된 평화가 아니라 가변적인 평화다. 아니나 다를까 다음 연은 원두막이 텅 빈 장면으로 끝나게 된다. 이것은 허전한 결여의 의미를 환기한다. 조금 전의 평화의 분위기는 잠깐의 느낌만 남기고 사라진 것이다.

이처럼 어둠과 밝음이 교차하고 동작과 정지가 교차하면서 대조적인 상태를 이중적으로 배치하는 것이 김종삼 시의 구성법이다. 그는 이러한 기법을 통해 자연이건 인생이건 고정불변의 것은 없다는 생각을 은연중 드러내려 했는지 모른다. 명암과 동정의 교차가 삶의 피할 수 없는 과정이요 생의 본질이라고 생각했을 것이다.


## 죽음의 음영


『한국전후문제시집』에 실린 「십이음계의 충충대」에 죽음의 단절감이 표명되어 있는데 그것은 전쟁으로 인한 상흔의 직접적 표현이다. 『십이음계』에 개작 수록되었으므로 이 시집에 수록된 형태를 교정하여 인용한다.

석고를 뒤집어 쓴 얼굴은

어두운 晝間.

한발을 만난 구름일수록

움직이는 나의 하루살이 떼들의 시장.

짙은 연기가 나는 뒷간.

주검[5] 일보 직전에 무고한 마네킹들이 화장한 진열창.

死産.

소리 나지 않는 完璧.

_「십이음계의 층층대」 전문

    동양의 전통음악은 5음계이고 서양음악은 7음계이다. 7음계에 반음을 넣으면 12음계가 된다. 피아노의 한 옥타브에 속하는 흰 건반과 검은 건반을 합하면 12개의 건반이라는 점을 알면 이해가 될 것이다. 7음계의 반음 처리를 어떻게 하느냐에 의해 단음계와 장음계가 나뉘는데 쇤베르크(Arnold Schönberg, 1874~1951)는 단음계와 장음계의 구분을 넘어서서 12음계 전체를 가지고 작곡을 했다. 이후 쇤베르크의 12음계는 현대음악의 작곡 기법으로 정착되었다.

    "십이음계의 층층대"라는 제목은 현대인의 복합적인 상황을 암시하려는 의미로 붙였을 것이다. 그는 현대인이 처한 상황의 핵심을 죽음으로 파악했다. 사람들은 석고를 뒤집어 쓴 마네킹의 모습을 하고 있다. 그 얼굴을 "어두운 晝間"이라고 했는데, '주간'은 낮이라는 뜻이다. 시간은 낮이지만 잔뜩 찌푸려 어두운 상태이니 불길하고 음산하다. 가뭄이 계속되는데 구름이 떠 있다면 그건 더욱 애가 타는 일이다. 그런 날일수록 공중의 하루살이 떼는 더욱 기승을 부린다. 그렇게 무의미한 날갯짓을 반복하는 하루살이 떼들이 모여 있는 시장이 바로 인생이다.

"짙은 연기"는 6·25를 겪은 사람의 내면에 자리 잡은 공포의 포연을 연상시킨다. 사람들은 겉으로는 화장한 차림새로 진열창 뒤에 늘어서 있지만, 사실은 모두 죽음 일보 직전에 놓여 있다. 그러나 그 군상은 '무고하다'고 했다. 아무런 죄가 없다는 뜻이다. 아무런 잘못이 없는데 석고를 뒤집어 쓴 마네킹 형상을 하고 죽음 앞에 대기해 있다. 이것 역시 덧없는 죽음을 수없이 목격한 전쟁 체험 난민의 낭패감을 반영한다. 시인은 생의 본질을 '사산(死産)'으로 압축했다. 죽어서 나온 아이는 아무 소리가 없다. 이것을 "소리 나지 않는 完璧"이라고 명명한 데에도 전쟁 난민의 절망과 허무가 깃들어 있다. 죽음을 기다리는 마네킹이 도열한 세상에 죽어서 태어났으니 그것은 완벽한 호응이라는 뜻이다. 그에게 세상은 전정(前程)에 죽음이 비치되어 있는 형국이다.


## 전쟁의 참상과 상흔


「어둠 속에서 온 소리」는 6·25 때 일어난 살육의 참상을 나타낸 시다. 전쟁 당시의 살상 행위를 시로 표현할 수 있게 된

김종삼의 시를 찾아서

데는 4·19라는 역전의 계기가 작용했다. 4·19 시민혁명 이후 제도권의 규제가 풀리자 6·25 때의 불법 학살을 조사하자는 움직임이 생겼다. 국회에 거창 양민학살사건 조사를 위한 특별위원회가 구성되어 조사가 진행되었고 그 결과가 5월 17일부터 일간 신문에 보도되기 시작했다. 김종삼의 시 발표는 이것을 근거로 이루어진 것이다.

이 작품이 최초로 발표된 것은 『경향신문』(1960. 9. 23.)이고, 『한국전후문제시집』에 수록되었으며, 김종삼의 개인 시집에는 수록되지 않았다. 『한국전후문제시집』의 조판 형태가 명확하지 않아서 형태 파악이 순조롭지 않지만 『경향신문』 발표본을 참고하여 교정한 형태로 인용하면 다음과 같다.

마지막 담 너머서 총 맞은 족제비가 빠르다.
"집과 마당이 띄엄 띄엄, 다듬이 소리가 나던 동구"
하늘은 바른 마음을 가진 사람들이 있다고 대낮을 펴고 있었다.

군데 군데 잿더미는 아무렇지도 않았다.
못 볼 것을 본 어린것의 손목을 잡고 섰던 할머니의 황혼마저 학살되었던 벽지이다.
그곳은 아직까지 빈사의 독수리가 그칠 사이 없이 선회하고 있었다.

원한이 뼈 무더기로 쌓인 고혼의 이름들과 신의 이름을 빌려

호곡하는 것은 '동천강' 변의 갈대뿐인가.

_「어둠 속에서 온 소리」 전문

전반부는 감정을 섞지 않고 학살의 현장을 단편적으로 묘사했다. 무차별 사격을 가하니 족제비도 총상을 입은 채 빠르게 달아난다. 두 번째 행의 따옴표는 사건이 발생하기 전 그 지역의 평화로움을 묘사한 기사의 일부분일 것이다. 평화로운 마을에 바른 마음을 가진 사람들이 살고 있다고 알려주는 듯 밝은 하늘이 펼쳐져 있다고 했다. 역사적으로 인간은 자연의 평화를 파괴하는 행위를 해 왔다고 보는 김종삼의 현실관이 드러나는 대목이다. 평화로운 마을은 잿더미로 변하고 어린것과 할머니마저 흉탄에 희생된 처참한 정경 위에 빈사의 독수리가 난다. 독수리를 "빈사의"라고 수식한 것은 인간 세상의 빈사 상태를 투사한 표현이다. "아직까지"라고 시간의 지속성을 부가한 것도 인간 세상의 빈사 상태가 지속되고 있음을 강조하는 표현이다. 원한, 호곡 등의 시어로 대변되는 비통한 회한이 갈대의 이미지에 집약된다. 김종삼의 시로서는 드물게 보는 역사적 사건에 대한 단죄의 시다. 사건과 관련된 집필 청탁을 받고 쓴 작품이겠지만, 그의 내면에 전쟁 난민의 원한과 상처가 있었기에 이런 내용의 창작이 가능했을 것이다.

　　　　　　　　　　　　　　　　　　김종삼의 시를 찾아서

## 「아우슈비츠」 연작

전쟁 난민의 상처가 가장 시적으로 표현된 작품은 「아우슈비츠」 연작이다. 시인은 '아우슈뷔치', '아우슈비치', '아우슈뷔츠' 등의 명칭을 사용하여 여러 편의 작품을 발표했다. 이렇게 여러 명칭이 혼용되었으므로 혼란을 피하기 위해 이 명칭과 작품 제목을 현재 외래어 표기법에 따라 '아우슈비츠'로 통일해서 쓴다.

김종삼은 인류 역사상 최악의 살상이 자행된 유태인 수용소의 명칭을 내세워 전쟁의 폭압성과 인간의 나약함을 표현한 것이다. 아우슈비츠와 관련된 작품을 발표 시기 순으로 나열하면 다음과 같다.

> 「아우슈뷔치」 –『현대시』 5집(1963. 12.);『본적지』(1968, 「아우슈뷔츠」로 수록);『십이음계』(1969, 「아우슈뷔츠 1」로 수록);『시인학교』(1977, 「아우슈뷔츠 2」로 수록)
>
> 「종착역 아우슈뷔치」 –『문학춘추』(1964. 12.);『십이음계』(1969, 「아우슈뷔츠 2」로 수록)
>
> 「지대」 –『현대시학』(1966. 7.);『52인 시집』(신구문화사, 1967)
>
> 「아우슈뷔츠 라게르」 –『한국문학』(1977. 1.);『시인학교』(1977, 「아우슈뷔츠 1」로 수록)[6]
>
> 「실록」 –『문학과 지성』(1977년 봄호)

이 중 가장 여러 번 수록된 작품이 맨 처음 발표한 「아우슈비

츠」다. 처음 발표한 작품이 어구가 생략되고 시행이 정돈되어
『본적지』에 수록되고 다시 시행의 변화가 일어나『십이음계』에
정착되었다. 『십이음계』와『시인학교』 수록본은 마침표 하나의
차이만 있을 뿐 내용은 동일하다. 정본 형태로 옮기면 다음과
같다.

어린 교문이 보이고 있었다
한 기슭엔 잡초가

죽음을 털고 일어나면
어린 교문이 가까웠다

한 기슭엔
여전 잡초가,
아침 메뉴를 들고
교문에서 뛰어나온 學童이
학부형을 반기는 그림처럼
복실 강아지가 그 뒤에서 조그맣게 쳐다보고 있었다
아우슈비츠 수용소 철조망
기슭엔
잡초가 무성해 가고 있었다

_「아우슈비츠」 전문[7]

김종삼의 시를 찾아서

김종삼은 한자가 가진 시각적 형상성을 살리려고 끝까지 한자를 노출했지만 지금의 독자들에게는 가독성만 떨어트릴 뿐 한자의 형상성을 기대하는 것은 무리다. 그래도 한자어의 기능을 어느 정도 행사하는 '학동'만 한자를 살렸다. 여기에는 공부하는 어린아이의 천진성이 내재해 있기 때문이다. 거친 세상에도 공부하는 아이가 있고 그 아이를 지켜주는 보호자가 있다. 교문도 공부하는 아이를 지켜주는 관문이다. 잡초는 정돈될 수 없는 무질서, 파탄의 상징이다.

이 시는 '교문 – 아침 – 학동 – 학부형 – 그림 – 강아지'로 이어지는 긍정의 축과 '잡초 – 죽음 – 수용소 – 철조망'으로 연결된 부정의 축이 대립을 이룬다. 무성해지는 부정의 형상 속에서도 어린아이의 순정함과 학부형의 기대와 강아지의 천진함이 자신의 위상을 지키려 애쓰는 듯하다. 그러나 그것은 '조그만 그림' 같기에 무성한 잡초의 번식력과 철조망의 강압적인 위력을 이겨내지 못할 것 같다. 그리고 교문도 '어린 교문'이기에 든든한 방패 역할은 하지 못할 것 같다. 생의 순정한 국면이 결국은 철조망에 막히고 잡초에 휘감기고 말 것 같은 불길한 예감이 작품의 배면에 깔려 있다.

작품을 다 읽고 나면 이 장면이 아우슈비츠 수용소 기슭의 풍경이라는 생각이 들면서 어둠의 그늘이 더욱 깊어지는 것을 느낀다. 그리고 3연 중간 부분 "학부형을 반기는 그림처럼/ 복실 강아지가 그 뒤에서 조그맣게 처다보고 있었다"의 미묘한 시행 구성은 수식의 전후 관계를 명확하게 판별하지 못하게 한다.

이것은 시인이 작품을 수정해 가면서 애매성이 높아지도록 의도적으로 고안한 것 같다. 첫 발표작의 형태는 전후의 수식 관계가 드러나도록 다음과 같이 배치되어 있다.

한 기슭엔

如前 雜草가,

校門에서 뛰어나온 學童이 學父兄을 반기는 그림처럼

바둑 강아지가 그 뒤에서 조고맣게 처다 보고 있었다.[8]

이 시행 배치를 보면 기슭에 있는 잡초와 강아지가 병치된 형상이고 강아지의 행동을 수식하는 구절이 "校門에서 뛰어나온 學童이 學父兄을 반기는 그림처럼"임을 알 수 있다. 이렇던 것이 나중에 "아침 메뉴를 들고"라는 시행이 삽입되고 그 뒤의 시행이 분절되면서 애매성이 높아진 것이다. 김종삼은 우리가 살아가는 생의 국면이 그렇게 명확하지 않다는 것을 감지하고 그 애매함을 그대로 표현하고 싶었는지 모른다. 전쟁 난민의 고통을 체험한 그는 생의 비정함을 정면에서 직시하기 어려웠을 것이다.

두 번째 시 「종착역 아우슈비츠」는 첫 발표 때의 의미 단위에 의한 시행 구분이 오히려 의미를 분화하는 방향으로 변화가 일어난 상태로 시집에 수록되었다. 이것 역시 위의 「아우슈비츠」처럼 애매성을 높이려는 시인의 의도가 작용한 것이다. 시인의 개작 과정에 대한 이해를 돕기 위해 첫 발표작을 원문 그대로 제시하고, 이어서 시집의 작품을 정본 형태로 제시한다.

官廳 지붕엔 비둘기떼가 한창이다.

날아다니다간 앉곤 한다.

門이 열리어져 있는 教會堂의 形式은 푸른 뜰과 넓이를 가졌다.

整然한 舖道론 다정하게 생긴 늙은 우체부가 지나간다.

부드러운 낡은 벽돌의 골목길에선 아이들이 고분고분하게 놀고 있고.

박해와 굴욕으로서 갇힌 이 무리들은 제네바로 간다 한다.

어린 것은 안겨져 가고 있었다.

먹을 거 한 조각 쥐어쥔채.

_「終着驛 아우슈뷔치」 전문(『문학춘추』, 1964. 12.)


관청 지붕엔 비둘기 떼가 한창이다 날아다니다간 앉곤 한다

문이 열리어져 있는 교회당의 형식은 푸른 뜰과 넓이를 가졌다.

정연한 포도론 다정하게

생긴 늙은 우체부가 지나간다 부드러운 낡은 벽돌의

골목길에선 아희들이

고분고분하게 놀고 있고

이 무리들은 제네바로 간다 한다

어린것과 먹을거 한 조각 쥔 채

_「종착역 아우슈비츠」 전문[9]


위의 「아우슈비츠」의 경우처럼 의미를 직접적으로 드러내는 시행 "박해와 굴욕으로서 갇힌 이 무리들은"은 삭제되었다. 이

때 김종삼이 프랑스 시의 시행 걸침(enjambement) 기법을 알게 되었는지 시행 배치가 독특하게 되어 시어 연상의 폭을 확대하는 효과를 얻고 있다. 예를 들어 "정연한 포도론 다정하게"에서 시행이 바뀌니 정연한 포장도로가 다정하다는 느낌도 갖게 하고, "늙은 우체부"와 "부드러운 낡은 벽돌"이 연결되어 늙은 우체부와 낡은 벽돌이 부드럽게 호응하는 느낌을 준다. "고분고분하게 놀고 있고"가 한 행으로 독립된 것도 골목길에서 노는 아이들의 성향을 지정해 주는 의미 강세의 역할을 한다. "어린 것은 안겨져 가고 있었다./ 먹을 거 한 조각 쥐어쥔채."가 "어린것과 먹을거 한 조각 쥔 채"로 압축된 것도 절묘한 긴축의 변화다. 가장 성공적인 개작의 예라고 할 수 있다.

전체적으로 이 두 작품은 긍정의 축과 부정의 축이 대비를 이루며 교차한다. 이것은 「돌각담」에서 이미 예견했던 김종삼 시작 원리의 연장이다. 「종착역 아우슈비츠」에서 '비둘기 떼-열린 문-교회당-푸르고 넓은 뜰-정연한 포도-다정하게 생긴 우체부-부드러운 벽돌-노는 아이들'로 이어지는 긍정의 축은 아주 길다. 그런데 "어린것과 먹을거 한 조각 쥔 채"라는 마지막 시행 하나로 부정의 음영이 한꺼번에 밀려든다. 앞에서 평화로운 정경을 길게 펼쳐 보이다가 끝의 두 행이 연결되면서 화평은 깨어지고 고난과 비애의 색조가 물든다.

짐작컨대 이 시의 장면은 아우슈비츠 수용소에서 석방된 생존자들이 제네바로 이동하기 전의 상황을 보여준 것 같다. 제네바가 거명된 것은 이 도시에서 이차대전 당시 전쟁 희생자 보호를 위한 협약이 이루어졌기 때문이다. 소련이 참전하여 전세가 불리해지자 독일은 아우슈비츠에서의 학살 만행이 폭로될까봐 아우슈비츠 수용자들을 독일 본토로 이주시키기 시작했다. 이주가 진행되고 있던 1945년 1월 27일부터 소련군이 진주하여 수용소를 점령하고 수용자들을 석방했다. 위의 시는 그 다음의 상황을 소재로 한 것이다.

## 악령들과 곤충들

「종착역 아우슈비츠」처럼 평화로운 장면을 보여주다가 끝부분에 어두운 음영을 던지는 시는 여러 편이 있는데, 다음 시도 그러한 특성을 잘 보여주는 예다. 이 시는 『시인학교』의 맨 앞에 서시로 배치된 작품이다.

헬리콥터가 지나자
밭이랑이랑
들꽃들이랑
하늬바람을 일으킨다
상쾌하다
이곳도 전쟁이 스치어 갔으리라.

_「서시」 전문

들꽃이 하늬바람에 나부끼는 상쾌한 장면을 제시하고서 "이곳도 전쟁이 스치어 갔으리라"고 말함으로써 평화롭고 안온해 보이는 모든 곳에 전쟁의 상처가 드리워져 있다는 의식을 전달한다. 이것이 그의 내면에 잠복되어 있는 치유되지 않는 상처다. 『시인학교』가 1977년 8월에 간행되었으니 그의 나이 57세다. 그런데도 그는 전쟁의 후유증에서 벗어나지 못하고 있는 것이다. 말년에 육신의 고통에 시달리는 자신을 "죄인"이라고 지칭하며 수억 년간 "악령들과 곤충들에게 시달려 왔다"(「꿈이었던가」)고 말했을 때, 그 악령과 곤충의 정체는 가난이나 병고보다는 6·25 전쟁이 남긴 상처였다. 전쟁 난민으로서의 죽음 체험이 그를 허무의 심연으로, 자학적 자기 부정으로 이끌어갔다.

밤하늘 호수가엔 한 가족이
앉아 있었다
평화스럽게 보이었다

가족 하나하나가 뒤로 자빠지고 있었다
크고 작은 인형 같은 시체들이다

횟가루가 묻어 있었다

언니가 동생 이름을 부르고 있다
모기 소리만 하게

아우슈비츠 라게르

이 시는 『한국문학』(1977. 1.)에 발표되고 『시인학교』에 「아우슈뷔츠 1」로 수록된 작품이다. 두 판본의 작품을 비교해 보면 시행 구성에 차이가 나는데, 『한국문학』 발표본이 시인의 의도를 더 잘 살려낸 것 같다. 『시인학교』 수록본에는 마지막 시행 "아우슈비츠 라게르"도 누락되어 있다. '라게르'란 수용소라는 뜻의 러시아 어다. 중요한 의미를 담은 이 시행을 누락한 것은 큰 실수다. 그래서 『한국문학』 발표본을 정본으로 잡고 인용했다.

이 시는 평화로운 정경을 잠깐 보여주고 음울한 죽음의 환영을 구체적으로 제시했다. 평화롭게 앉아 있던 가족이 뒤로 자빠져 크고 작은 시체가 되는 장면은 끔찍하다. 악몽의 환영 같은 장면에 "횟가루가 묻어 있었다"는 시행은 사실감을 부여한다. 환영이 아니라 정말로 시체라는 사실 확인을 한 셈이다. 그런데 그 시체에서 언니가 동생 이름을 부르는 소리가 들린다. 그 소리는 모기 소리만큼 작은 소리다.

그 다음에 배치된 "아우슈비츠 라게르"는 마치 동생의 이름이 '아우슈비츠 라게르'인 것 같은 인상을 전달한다. 죽음의 수용소 아우슈비츠의 공포 체험은 오랜 시간이 지난 뒤에도 공포의 환영을 계속 남긴다는 뜻일까? 그래서 동생의 이름도 '아우슈비츠 라게르'를 벗어날 수 없다는 뜻일까? 아우슈비츠 수용소의 기억이 상처로 남아 있는 한 진정한 평화는 불가능하다. 지극히 평화로운 들판에도 전쟁이 스치고 지나간 것이다. 마치 이것이 인간의 숙명이라는 듯이. 인간은 그렇게 전쟁의 상처를 안고 살 수밖에 없다는 듯이.

「지대」에는 평화로운 정경은 서두에 "미풍이 일고 있었다"라는 한 시행으로만 제시된다. 그 다음에는 아우슈비츠 수용소의 참혹한 풍경이 악몽처럼 전개된다. 두 발 묶인 검은 표본들이 석재 둘레를 선회하고, 옷을 벗은 여자들이 벤치에 앉아 있는데 그 중 한 여자의 눈이 무엇에 놀란 듯 확대된다. 두 발 묶인 표본은 입과 팔이 없는 검은 표본으로 변하여 긴 둘레를 덜커덕거리며 선회한다. 이것이 아우슈비츠 참사 이후 반세기가 지난 때의 모습이라고 끝에 알려준다. 이 시가 발표된 것이 1966년 7월이니 아우슈비츠 수용소 이후 이십여 년이 지난 시기다. 반세기 후라면 미래의 모습이다. 반세기가 지나도 그 악몽은 되풀이될 것이라는 시인의 불길한 예감을 표현한 것일까? 자신이 지닌 전쟁의 상처가 그렇게 검은 환영으로 되살아나 사라지지 않을 것이라는 예감일까?

「실록」은 아우슈비츠 사건 이후 30여 년이 지난 시점에 참상의 기록을 다시 읽으며 핵심 내용을 나열한 작품이다. 처음에 "몇 줄 추리지 않을 수 없다"고 밝혀 사건 보고에 해당하는 내용임을 알리고 "다시 본 재수록이다"라고 해서 예전에 읽었던 것을 다시 보고 재수록한다는 사실도 밝혔다. 김종삼의 시로는 길이가 길고 서술이 장황한데 구체적인 사건을 나열하고 있을 뿐 시로서의 품격은 떨어진다. 이 지면에 함께 발표한 작품이 「미켈란젤로의 한낮」과 「성하(聖河)」인데 3, 4행의 단시다. 그는 짧은 시 두 편에 긴 시 한 편으로 구색을 맞추기 위해 「실록」을 포함시킨 것 같다. 1976년 직장에서 퇴임하고 거리의 방랑자로 떠돌던 시기의 작품이다.


## 민간인의 참상

김종삼은 전쟁 난민의 상처가 어떠한 것인가를 그만의 독특한 압축적 어법으로 표현하여 문학사에 남을 걸작을 완성했다. 그 작품이 「민간인」으로 『현대시학』(1970. 11.)에 발표하고 『시인학교』에 수록했다.


1947년 봄
深夜
황해도 해주의 바다
이남과 이북의 경계선 용당포

사공은 조심 조심 노를 저어가고 있었다.
울음을 터뜨린 한 嬰兒를 삼킨 곳.
스무 몇 해나 지나서도 누구나 그 水深을 모른다.

_「민간인」 전문

이 시의 첫 두 행은 한 행으로 이어 쓸 수도 있는 것인데 시인은 의도적으로 두 행으로 나누어 적었다. 시간의 분절을 통해 상황의 긴박감을 표현하고자 한 것이다. "1947년 봄"이라는 한정된 시간은 38선으로 남북이 가로막혀 왕래가 자유롭지 못했던 한반도의 역사적 상황을 나타낸다. 몰래 38선을 넘다 들키면 목숨을 잃게 되는 절박한 상황 속에서 한밤중에 배를 얻어 타고 남행을 기도한다. "深夜"라는 한 단어의 시행은 그 일을 감행하는 사람들의 두려움과 떨림, 그 정적의 긴장감을 압축적으로 드러낸다. "1947년 봄"이라는 넓은 시간적 배경과 "심야"라는 좁은 시간적 배경이 각각 하나의 시행을 이루어 긴장을 유지하며 시적 기능을 수행한다. 그 다음에는 "황해도 해주의 바다"라는 넓은 공간적 배경과 "용당포"라는 좁은 공간적 배경이 제시되어 당시의 상황을 더욱 구체적 국면으로 끌어당긴다. 이 네 행의 전개를 통해 우리는 사건이 일어나는 정황을 긴박감 있게 단계적으로 이해하게 된다.

첫 연에서 시간과 공간의 배경을 제시한 시인은 둘째 연에서 당시 그곳에서 일어난 사건을 보여 주고 그 사건의 비극성을 현재의 시점에서 반추한다. 둘째 연은 세 행으로 되어 있는데 각 행의 끝에는 마침표가 굳게 찍혀 있다. 이 마침표는 조심조심 노를 저어 가던 심야의 침묵을 환기하며 살기 위해 우는 아이를 수장해야 했던 상황의 비정함을 환기한다. 갓난아기라는 뜻의 한자어 "嬰兒(영아)"는 의미만이 아니라 당시 살벌한 상황에 처한 어린아이의 가련한 운명을 글자의 모양으로 표상한다. 이것

　　　　　　　　　　　　　　　　김종삼의 시를 찾아서

은 살기 위해 안간힘 쓰는 인간의 비정함을 비롯해서 그 외의 착잡한 요소들을 떠오르게 한다.

첫 행과 둘째 행, 둘째 행과 셋째 행 사이에는 사건의 생략이 있는데, 그 생략된 사건 역시 각각의 마침표 속에 응축되어 있다. 살기 위해 숨을 죽이고 노를 저어가던 사람들의 위기감, 어린애가 울음을 터뜨렸을 때의 당혹감, 어쩔 수 없이 그 애를 물에 밀어 넣었을 때의 비통함, 그런 일을 겪고 이십여 년을 살아온 사람들 가슴에 새겨진 죄의식 등 복합적 감정이 각각의 행간과 마침표 속에 담겨 있다.

둘째 연의 첫 행 "사공은 조심 조심 노를 저어가고 있었다"는 당시의 사건을 객관적으로 제시한 것이고, 셋째 행 "스무 몇 해나 지나서도 누구나 그 水深을 모른다"는 현재의 정황을 주관적으로 단정한 것이다. 이 두 행은 주어 서술어를 갖춘 문장으로 구성되어 있다. 여기에 비해 둘째 행은 서술어가 축약된 명사구의 형태로 되어 있다. "영아를 삼킨 곳"이라는 명사 어구는 첫 연의 끝부분 "용당포"와 주어 서술어로 이어지는 의미의 연맥이 성립된다. "영아를 삼킨 곳이 용당포다"라는 문장이 성립하는 것이다. 과거의 사건과 현재의 회상 사이를 오가는 감정의 움직임은 이 부분에 수렴된다. 요컨대 둘째 연의 둘째 행에 이 시의 의미가 집약된다.

그것에 대한 현재의 반성이 셋째 행에 제시되었다. 이십여 년의 세월이 지났지만 깊은 상처는 아물지 않았고 상처의 내력을 제대로 들여다볼 사람도 없다. 세월이 지나도 사람들이 겪은 고통의 깊이는 알 수 없다. 「민간인」이라는 제목도 반성적 의미와 연관되어 있다. 6·25 때 가장 고통을 받은 사람이 바로 민간인들이다. 이념이나 명분을 앞세운 지도층들은 사실 고통의 현장에서 벗어나 있었다. 왜 전쟁이 일어났는지도 모르는 민간인들이 고통의 상처를 받은 희생자들이다.

이처럼 이 시는 절제된 시어, 간결한 시행, 문장 부호의 효과적인 사용 등 매우 시적인 방식으로 전쟁 난민의 참상, 더 나아가 인간의 비극적 운명을 형상화했다. 시는 몇 마디 말과 몇 개의 문장 부호만으로도 웅변 이상의 진실을 드러낼 수 있다는 점을 날카롭게 보여준 작품이다.

## 죽음만이 참사가 아니다

「민간인」에 담긴 생각은 십여 년의 세월이 흐른 후 「이산가족」(『학원』, 1984. 5.)에서 "죽음만이 참사가 아니다"라는 말로 재생된다. 이 시는 1983년 여름 한국방송공사(KBS)가 기획하고 추진한 이산가족 찾기 텔레비전 생방송을 보고 쓴 것 같다. "가난과 질병과 상흔에 찌들린/ 서로의 참담한 모습이 화면에 비치자"라는 구절이 나오기 때문이다.

그런데 이산가족 생방송에 나온 사람들이 전부 가난과 질병과 상흔에 찌든 사람은 아니었다. 이 구절에는 그러한 삶을 살아온 시인의 자의식이 투영되어 있다. 특히 '상흔'이라는 말은 우리들이 지금 논의하고 있는 전쟁 난민의 상처를 지칭한 것이다. 이산가족의 경우 잘 사는 사람이건 그렇지 못한 사람이건 모두 상흔을 나누어 가진 사람들이다. 그런 의미에서 그들의 내면은 가난과 질병에 찌든 것으로 인식될 수 있다. 그들의 울부짖는 모습을 보고서 시인은 "죽음만이 참사가 아니다"라는 말로 시를 끝맺는다. 그들의 가난과 질병에 찌든 모습, 울부짖다 혼절하는 장면이 모두 전쟁과 분단이 만든 참사다. 상흔이 사라지지 않는 한 참혹한 사연도 사라지지 않을 것이다.

김종삼은 자신의 상처를 드러내는 데 머문 것이 아니라 한반도를 강타한 인간의 참사에 마음과 눈길을 기울였다. 그에게는 민족이 중요한 것이 아니라 인간이 중요했다. 아우슈비츠를 시로 표현한 것도 인간의 고통에 눈길을 두었기 때문이다. 모든 사람이 평화롭게 사는 것은 인류의 고귀한 꿈이다. 그 꿈은 실현되지 않았고 어쩌면 실현될 가능성이 없을지 모른다. 그러나 그 꿈을 간직하고 사는 것과 그렇지 않은 것은 매우 큰 차이가 있다.

평화의 꿈을 간직할 때 인간은 현실의 고통과 상흔에 더 깊은 관심을 기울이게 된다. 김종삼이 자신의 고통과 민간인 전체의 참사에 관심을 갖고 그것을 시로 표현한 것은 그에게 평화에 대한 갈구가 있었기 때문이다. 그러나 그가 겪은 인간 유린의 처참한 체험은 평화에 대한 믿음을 간직하도록 그를 편하게 놓아두지 않았다. 그보다는 죽음의 불길함이 그를 먼저 사로잡았고 불길함에서 벗어나기 위해 과도한 음주가 이어졌다. 그로 인한 고통에 시달리면서 자학적인 만성 자살 충동이 그를 죽음의 경계로 내몰았다. 생의 연민과 슬픔을 느끼기 이전에 죽음의 불길함이 그를 먼저 사로잡았다.

# 4 죽음의 기억과 자취

## 죽음의 음영

「애니 로리(Annie Laurie)」라는 스코틀랜드 가곡이 있다. 17세기의 시에 19세기에 곡을 붙여 민요처럼 전승된 노래다. 번안 가사가 붙은 곡이 음악 교과서에 수록되어 널리 알려졌다. 일찍이 일본 교과서에 수록되었기 때문에 김종삼이 어릴 때 이 곡을 배웠을 것이다. 오랜 세월이 흘렀어도 자신이 사랑하는 애니 로리를 잊지 않고 그리워한다는 내용이 어린 김종삼의 마음을 끌었을 것이다.

그 기억은 노래의 가사처럼 오래 지속되어 시의 제목으로 이어졌다. 그가 '애니 로리'의 이름을 얹어 발표한 작품은 「그리운 안니・로・리」(『전쟁과 음악과 희망과』, 1957), 「앤니로리」(『세대』, 1978. 5.), 「앤니로리」(『월간문학』, 1981. 8.) 세 편이다. 세 번째 작품은 시집 『평화롭게』에 「동산」으로 개제되어 수록되었다. 이

가운데 가장 널리 알려진 작품이 「그리운 안니·로·리」인데,
이 작품은 『전쟁과 음악과 희망과』에 처음 수록된 후 『한국문
학전집 35 시집(하권)』(1959)과 『52인 시집』(1967)을 거쳐 시집
『십이음계』(1969)에 수록되었다. 수록 때마다 약간의 변화가 일
어나는데, 『십이음계』 수록본을 정본으로 보면 될 것이다.

　　나는 그동안 배꼽에
　　솔방울도 돋아
　　보았고

　　머리 위로는 몹쓸 버섯도 돋아
　　보았습니다 그러다가는
　　'맥웰'이라는
　　老醫의 음성이

　　자꾸만
　　넓은 푸름을 지나
　　머언 언덕 가에 떠오르곤 하였습니다

　　오늘은
　　이만치 하면 좋으리마치
　　리봉을 단 아이들이 놀고 있음을 봅니다

그리고는
얕은
파아란
페인트 울타리가 보입니다

그런데
한 아이는
처마 밑에서 한 걸음도
나오지 않고
짜증을 내고 있는데

그 아이는
얼마 못 가서 죽을 아이라고

푸름을 지나 언덕가에
떠오르던
음성이 이야기ㄹ 하였습니다

그리운
안니·로·리라고 이야기ㄹ
하였습니다.

_「그리운 안니·로·리」 전문

이전 발표본과 『십이음계』 수록본의 가장 큰 차이점은 6연의 "짜증을 내고 있는데" 앞에 있던 "리봉이 너무 기다랗다고"가 삭제된 점이다. 이 한 행이 삭제됨으로써 그 부분은 대단한 생기를 얻게 된다. 아무 이유 없이 짜증을 내고 있다고 해야 "그 아이는/ 얼마 못가서 죽을 아이라고"의 의미가 살아나게 된다. 제목이자 본문의 구절인 "그리운 안니·로·리"는 어떤 지면에서나 이 형태를 그대로 유지하고 있다. 일본어 표기에서 외국인의 이름과 성 사이에 가운뎃점을 찍는 관례를 따른 것은 이해가 되는데, 왜 '로리'의 사이에도 가운뎃점을 넣은 것일까? 노래에 나오는 해당 소절의 음률을 따른 것일까? 그의 머리에 저장되어 있는 소리의 리듬을 따라 그렇게 표기한 것으로 이해된다.

이 시도 「돌각담」에서 보았던 밝음과 어둠의 대비적 교차의 기법을 보여준다. 1연과 2연은 자신의 고난을 언급한 것이어서 어두운 느낌을 전달한다. 배꼽에 솔방울이 돋고, 머리 위에 몹쓸 버섯이 돋는다는 것은 질병의 이미지로는 매우 기이하다. 배와 머리에 특이한 질환이 생겼다는 뜻으로 이해하면 될 것이다. '맥웰'이라는 의사의 이름도 독특하다. 요컨대 김종삼은 새로운 시라는 인상이 전해지도록 여러 가지 고안을 한 것이다. 늙은 의사의 음성은 왠지 모르게 따스하고 부드러울 것 같다. 그 음성이 "넓은 푸름을 지나" 떠오른다고 하니 그런 느낌이 배가된다. 2연의 끝부분에서부터 밝은 이미지로 교체되어 3연과 4연, 5연은 밝은 이미지가 이어진다. 얕은 파란 울타리를 배경으로 리본을 단 아이들이 노는 정경은 동화적인 신비로움을 안겨 준다.

　　　　　　　　　　　　　　김종삼의 시를 찾아서

그러나 그 뒤에 계속되는 두 연은 한 아이의 죽음을 말함으로써 다시 어둠의 음영을 드리운다. 앞부분의 영롱한 아름다움 때문에 뒷부분의 어두움이 더욱 깊이를 더하고, 뒷부분의 죽음의 음영으로 인해 앞부분의 천진함과 순수함은 더욱 애틋하게 가슴에 남는다. 밝음과 어둠이 교차하면서 죽음의 그림자가 드리우는 시행은 인간의 피할 수 없는 운명을 암시하는 듯하다. "그 아이는/ 얼마 못 가서 죽을 아이라고" 말하는 음성이 "푸름을 지나 언덕가에/ 떠오르던/ 음성"이라고 하였으니 앞에 나온 노의 맥웰의 음성인 것 같다. 따스하고 부드러울 것 같던 음성이 죽음을 예고하는 운명의 지침으로 바뀌는 대목이다.

그런데 "얼마 못 가서 죽을 아이"라고 하는 말이 어째서 "그리운/ 안니·로·리"라는 말과 동격이 되는 것일까? 내가 죽을 때까지 잊지 못하겠다는 것이 노래 「애니 로리」의 취지인데, 여기서는 '안니·로·리'가 죽음의 운명으로 제시되고 있다. 모든 그리운 존재는 결국 얼마 못가 죽을 수밖에 없음을 예고하는 것일까? 김종삼은 생을 압도하는 죽음의 가혹한 속성을 이미 알고 있는 듯하다. 이것은 전쟁 난민의 쓰라린 체험에서 형성된 의식일 것이다.

시의 맥락을 다시 반추하면 이렇다. 화자인 '나'는 여러 가지 질병을 앓으면서도 지금까지 견뎌 왔다. 그것은 맥웰이라는 늙은 의사의 덕이기도 하다. 밖에는 리본을 단 아이들이 늦게까지 놀고 있는데, 파란 색의 낮은 울타리 너머 처마 밑에 밖으로 나오지 않고 짜증을 내는 아이가 있다. 그 아이는 얼마 못 가 죽을

아이라고 누군가가 이야기해 주었다는 것이다. 이 아이는 김종
삼의 시에 자주 등장하는 화합하지 못하는 아웃사이더의 표상
이다. 이 아이에게는 세계와의 불화에 더하여 죽음의 단절감이
덧붙어 있다. 죽음의 음영은 전쟁 난민의 체험과 연결된 것인데
이제는 난민 체험의 개입 없이 죽음의 음영만으로 그의 시에 당
당히 자리 잡는다.

## 죽음의 단층들

무의식과 의식의 교차를 통해 죽음의 단층들을 가장 많이 나
열한 작품은 「시체실」이다. 이 작품은 『현대문학』(1967. 11.)에
처음 발표되고, 『십이음계』에 수록되었다. 『현대문학』에 발표
된 형태는 행 구분이 없는 산문시 스타일로 되어 있었는데, 『십
이음계』에 행이 구획된 형태로 바뀌면서 행 구분이 아주 이상
해졌다. 산문시 형태로 되어 있던 것을 무리하게 조판하여 이상
한 결과가 빚어진 것이다. 시인의 의도를 살리려면 『현대문학』
발표본을 면밀히 검토해서 적어도 5연과 6연은 『현대문학』의
산문시 형태로 정본을 복원해야 할 것이다.

이 시의 공간적 배경은 제목 그대로 병원의 영안실이다. 교통
사고, 음독자살, 병사(病死) 등 각종 사연의 사망자들이 열거된
다. 밖에는 여름 무더위 속에 굵은 빗줄기가 내리고 있다. 빗줄
기가 양철 지붕을 두드리는 소리가 "他界에서의 시체 검사를 진

행하는 느낌"이라고 했다. 이러한 배경을 제시한 다음, 교통사고로 죽은 48세 남자에 대한 사연을 길게 서술했다. 이 시를 발표할 때 시인의 나이 47세이니 동병상련의 감정을 느꼈을 것이다. 이북 출신의 기독교인으로 군대에 입대하여 기관총 사수로 있다가 3년 전에 제대하고 최근 결혼했는데 덧없이 사고로 죽었다는 것이다. 맹인이 된 여동생이 시립 무료병원에 십여 년간 입원해 있는데 그녀의 머리맡엔 부친의 유물인 성경 한 권이 놓여 있다고 했다. 오빠가 방문하면 그것을 몇 구절씩 읽어 주었고 그것이 유일한 위안이었다고 적었다. 이제 그녀에게 성경을 읽어 줄 사람이 사라진 것이다. 우리들은 달리는 열차 안에 앉아 어두운 터널 속을 지나고 있다는 상징적 어구로 시가 끝난다. 전쟁의 상처가 사라지지 않고 현실로 이어져 죽음으로 재생되고 있음을 보여준 것이다.

앞의 「그리운 안니·로·리」처럼 어린이의 죽음을 통해 피할 수 없는 운명의 비극성을 보여 주는 작품이 「음악」이다. 김종삼이 깊은 애착을 가진 시 「음악」은 많은 개작 과정을 거치며 완성도를 높여간 작품이다. 『문학춘추』(1964. 12.)에 처음 발표된 「음악」은 『본적지』, 『십이음계』에 수록되면서 훌륭한 개작이 이루어졌다. 첫 발표지면의 제목 다음에 붙은 "마라의 「죽은 아이를 追慕하는 노래」에 부쳐서"라는 부제는 두 권의 시집에도 그대로 이어졌다.

구스타프 말러의 가곡 「죽은 아이를 추모하는 노래」(Kindertotenlieder)는 전부 다섯 곡으로 구성되어 있는데, 「음악」

은 5번째 곡인 「이렇게 험한 날에」(In deisem Wetter)를 염두에 두고 지은 것 같다. 김종삼은 「이렇게 험한 날에」의 음악적 구성을 시의 형식으로 표현해 보려는 의도를 가지고 시어와 시행 배치에 특별히 고심하며 몇 년에 걸쳐 퇴고의 노력을 기울였다. 이 작품은 길이가 길고 여러 지면에 발표되었기 때문에 부정확한 이본들이 유통되고 있다. 『십이음계』 수록본을 정본으로 보고, 현대어 정본으로 수정하여 인용한다.

> 日月은 가느니라
> 아비는 석공 노릇을 하느니라
> 낮이면 대지에 피어난
> 만발한 구름뭉게도 우리로다
>
> 가깝고도 머언
> 검푸른
> 산줄기도 사철도 우리로다
> 만물이 소생하는 철도 우리로다
> 이 하루를 보내는 아비의 술잔도 늬 엄마가 다루는 그릇 소리도
> 우리로다
>
> 밤이면 大海를 가는 물거품도
> 흘러가는 化石도 우리로다

김종삼의 시를 찾아서

불현듯 돌 쪼는 소리가 나느니라 아비의 귓전을 스치는 찬바람
이 솟아나느니라
　늬 관 속에 넣었던 악기로다
　넣어 주었던 늬 피리로다
　잔잔한 온 누리
　늬 어린 모습이로다 아비가 애통하는 늬 신비로다 아비로다

　늬 소릴 찾으려 하면 검은 구름이 뇌성이 비바람이 일었느니라
아비가 가졌던 기인 칼로 하늘을 수없이 쳐서 갈랐느니라
　그것들도 나중엔 기진해 지느니라
　아비의 노망기가 가시어 지느니라

　돌 쪼는 소리가
　간혹 나느니라

　맑은 아침이로다

　맑은 아침은 내려앉고

　늬가 노닐던 뜰 위에
　어린 초목들 사이에
　神器와 같이 반짝이는
　늬 피리 위에

나비가
나래를 폈느니라

하늘 나라에선
자라나면 죄 짓는다고
자라나기 전에 데려간다 하느니라
죄 많은 아비는 따 우에
남아야 하느니라
방울 달린 은피리 둘을
만들었느니라
정성 들였느니라
하나는
늬 관 속에
하나는 간직하였느니라
아비가 살아가는 동안
만지작거리느니라

_「음악」 전문

　이 시의 원천이 된 말러의 가곡은 낭만파 서정가곡의 절정기
를 화려하게 마무리한 걸작이다. 풍부한 낭만적 서정을 바탕으
로 아들을 잃은 아버지의 처절한 비애감과 격심한 절망감, 운명
적 체념과 삶의 고독감을 펼쳐낸 이 곡은 처연한 악상으로 많은
이들의 공감을 불러일으켰다. 「이렇게 험한 날에」의 전반부는

D단조로 사나운 폭풍우가 몰아치는 가운데 아들을 잃은 아버지의 비통한 고뇌가 펼쳐진다. 후반부는 D장조로 바뀌면서 안식과 평온 속에 하느님 곁에 잠들기를 기원하는 잔잔한 자장가로 마무리된다. 김종삼은 이 곡의 음악적 구성을 시로 옮겨 보려는 시도를 벌인 것이다.

전반부의 긴 시행들은 음률이 고조되어 빠르고 강한 음색으로 표현되는 것을 나타낸다. 4연의 "불현듯~솟아나느니라"에서 고조된 율동은 그 다음 시행에서 잔잔하게 정리되었다가 다음 연의 "늬 소릴~갈랐느니라"에서 다시 한층 고조되어 급격하고 강렬한 음조로 변한다. 이 고조된 음조는 폭풍우가 휘몰아치는 정경과 아버지의 비탄에 잠긴 모습을 반영한다. 격렬한 선율은 다음의 시행에서 정리되고 수습되어 "맑은 아침이로다// 맑은 아침은 내려앉고"에 이르면 완전히 가다듬어져 느리고 낮고 부드러운 음조로 전환된다. 요컨대 이 대목의 시행 배치 방식은 말러의 가곡 「이렇게 험한 날에」의 음악적 구성과 대응을 이루는 것이다. 또 밝은 이미지와 어두운 이미지가 교차하면서 엮어내는 비탄과 안식의 대비적 구성은 음악적 대위법을 중시한 말러 가곡의 특성과 통한다.

처음 발표한 작품에는 아버지가 석공이 아니라 품팔이하여 살아가는 인물로 설정되어 있다. 그 작품의 첫 행은 "아비는 話術家가 아니었느니라"로 시작된다. 이것은 화술이 능란하지 못해 사회에 적응하지 못하는 자신의 처지를 드러낸 것이다. 그는 자신의 신원을 암시하는 구절들을 정리하고 말러 가곡의 전개를 시적으로 재창조하는 방향으로 개작을 진행해 갔다.

"구름뭉게"란 말은 뭉게구름을 뒤집은 것으로 앞의 '맥웰'처럼 새로운 느낌을 자아내기 위해 고안한 시어일 것이다. 몇 차례 반복되는 "우리로다"라는 말은 무슨 뜻일까? 첫 발표작에도 이 말은 그대로 나오고 개작이 진행되면서 그 수는 늘어났다. 이 말은 '우리'라는 뜻 같기도 하고, 운다는 뜻 같기도 하고, 우러난다는 뜻 같기도 하다. 과연 김종삼은 무엇을 기대하고 이 시어를 사용한 것일까? 나는 '우리'와 '우리다'가 합해진 '우리에게 비치다'의 뜻으로 읽고 싶다. 흘러가는 자연의 모든 것이 우리를 향해 다가오고 스며든다는 뜻으로 읽는 것이다.

흘러가는 세월, 대지에 피어난 뭉게구름, 검푸른 산줄기와 변하는 계절, 아비의 술잔과 엄마의 그릇 소리, 대해의 물거품과 흘러가는 화석 등 모든 자연 현상이 우리에게 다가와 우리와 하나가 된다. 그렇게 흐르고 흐르는 세월 속에 아비는 돌을 쪼아 정성을 들여 방울 달린 은피리 둘을 만들었다고 했다. '은피리'는 「검은 올페」(『자유문학』, 1962. 8.)에 먼저 등장하는데, 거기에서는 잠시 쉬는 그늘 아래 누가 놓고 간 물건으로 처리되어 그렇게 큰 의미를 지니지 않는다. 그러나 이 시에서는 아비의 모든 정성이 담긴 중요한 상징물로 자리 잡고 있다.

이 은피리는 대지의 뭉게구름으로부터 화석에 이르는 모든 유동의 형상들이 스며들어 형성된 창조물이다. 무어라 형용할 수 없는 아비의 마음도 거기 담겨 있다. 그 과정에 검은 구름, 뇌성, 비바람으로 상징되는 비통의 시간이 있었고, 고통과 싸우며 자신을 지키려던 견인의 과정도 있었다. 비탄의 소용돌이가 솟아올랐다 가라앉자 비로소 신의 그릇처럼 반짝이는 피리가 모습을 드러낸다. 그러한 숙련의 과정을 거쳐 하나의 깨달음이 온다. "하늘 나라에선/ 자라나면 죄 짓는다고/ 자라나기 전에 데려간다 하느니라"가 그것이다.

어린아이는 순수무구의 표상이다. 무구한 존재가 지상에 오래 머무는 것이 오히려 죄악이다. 이것이 「민간인」의 모티프가 된 영아 살해의 죄의식을 덜어주는 생의 깨달음이다. 무구한 존재는 일찍 하늘로 가야 하는 것. 지상에는 아비처럼 죄 많은 존재들이 목숨을 이어가야 하는 것. 이 생각이 아비에게 평안을 주고 아이의 죽음을 올바르게 애도하게 한다. 정성껏 만든 은피리 둘이 지상과 천상을 연결하는 매개가 된다. 살아가는 동안 은피리를 만지작거리며 남은 시간을 보낸다고 했다.

## 죽은 아우의 모습

「음악」에서 얻은 죽음의 대처 방식이 지상의 모든 죽음에 적용되는 것은 아니다. 나이가 들어 음주량이 늘고 그에 따른 질병이 가중되면서 육체의 고통으로 인해 시인은 거듭 죽음을 생각하게 된다. 육신이 괴로울수록 고통을 잊기 위해 술에 의존하게 된다. 이러한 악순환은 그의 심신을 피폐케 한다. 그러한 피폐의 행로에 반복해서 떠오르는 영상이 죽은 동생 종수의 모습이다.

앞에서 말한 대로 죽은 동생이 그의 시에 처음 언급된 것은 「현실의 석간」(『자유세계』, 1956. 11.)이고, 그보다 조금 더 구체적으로 동생의 영상이 등장하는 것은 「발자국」(『문학춘추』, 1964. 12.)부터다. 이 시에 "그동안 죽어서 만나지 못한 어렸던 동생 종수가 없다고"라는 대목이 나온다. 이십 대에 죽었기 때문에 동생은 늘 어린 모습으로 등장한다. 이 작품이 나중에 『시문학』(1976. 4.)에 같은 제목으로 다시 발표되는데, 『시문학』 발표본에는 동생에 관한 내용은 사라지고 그 자리에 자신의 삶의 국면이 배치된다. 동생보다 자신의 문제가 더욱 절박하게 다가오자 시구의 내용을 바꾼 것이다.[1]

「허공」(『문학사상』, 1975. 7.)은 동생의 모습을 뚜렷한 시적 의장으로 제시한다.

> 사면은 잡초만 우거진 무인지경이다
> 자그마한 판잣집 안에선 어린 코끼리가
> 옆으로 누운 채 곤히 잠들어 있다
> 자세히 보았다
> 15년 전에 죽은 반가운 동생이다
> 더 자라고 둬 두자
> 먹을 게 없을까
>
> _「허공」 전문

온통 잡초만 우거진 무인지경에 자그마한 판잣집이 있고 거기 어린 코끼리가 곤히 잠들어 있는 모습은 분명 꿈속의 장면이다. 술을 먹고 잠들어 잠시 꿈을 꾸었을 것이다. 그런데 왜 제목이 '허공'일까? 아무것도 없는 텅 빈 공허감 속에 아우의 모습이 떠오른 것일까? 아우가 어린 코끼리로 현몽했다는 사실이 특이하다. 잡초만 우거진 무인지경 판잣집에 어린 코끼리가 누워 잠을 자고 있으니 얼마나 신기했겠는가? 그래서 시인은 "자세히 보았다"고 했다. 자세히 보니 그것은 어린 코끼리가 아니라 오래 전에 죽은 동생이다. "15년 전"이라고 한 것은 정밀한 계산이 아니라 막연한 심리적 거리감의 표현일 것이다. "반가운"은 동생에 대해 늘 지니고 있는 애정과 연민과 부채감을 한꺼번에 환기하는 말이다. 보면 반갑지만 죽은 동생이기에 가엾고 미안하고 안쓰러운 것이다.

"반가운"은 그 앞에 나오는 "곤히"와 호응한다. 어린 코끼리가 무슨 일을 했기에 곤히 잠들어 있단 말인가? 어린 나이에 세상사에 시달려 곤히 잠들어 있단 말인가? 곤히 잠든 어린 코끼리가 죽은 동생이라는 것을 알고 나니 동생의 지친 모습이 더욱 안쓰럽다. 반가운 동생이지만 곤히 잠들어 있으니 깨우지 않고 그냥 두었다. "먹을 게 없을까"라는 마지막 시행은 시인 자신의 욕구를 언급한 것이 아니라 동생이 깨어날 때를 대비한 말이다. 곤히 자고 일어나면 배가 고플 텐데 동생이 먹을 게 있을까 걱정한 것이다. 제목이 '허공'이고 내용이 몽상이니 먹을 것이 있을 리가 없다. 그러나 곤히 잠든 동생을 보고 먹을 것이 있을까

염려한 화자의 마음은 참으로 따스하다. 이 한 마디 말 속에 동생에 대한 애정과 연민, 그리고 그 외의 여러 감정이 다 담겨 있다.

　말년에 병이 깊어져 죽음에 근접하면서 동생의 모습이 더 자주 떠오른다. 「아침」(『문학사상』, 1979. 6.)에서 자신이 단말마적 고통 때문에 자살을 시도했을 때 죽음의 악몽 속에 자신의 등을 꼭 찔러 깨운 것은 죽은 아우였다. "죽은 아우 '종수'의/ 파아란 한 쪽 눈이 나를 지켜보고 있었다/ 오랫동안 나에게서 잠시도 떠나지 않고 노려보고 있었다"라고 시인은 썼다. 같은 시기에 발표한 「장편」(『월간문학』, 1979. 6.)에도 "죽은 아우 '종수'의/ 파아란 한 쪽 눈이 오랜 동안/ 나에게서 잠시도 떠나지 않았다"고 유사한 구절이 반복된다. 이것은 죽은 아우가 나의 삶을 지켜주는 일종의 수호천사 역을 하고 있음을 암시한다. 스물두 살에 죽은 아우가 오히려 내 죽음을 유예해 주는 방어 역할을 하는 것이다.


## 먼저 죽은 아이

　동생에 대한 연민과 속죄의식이 결합하여 한 편의 시로 아름답게 구성된 작품이 「운동장」(『한국문학』, 1978. 2.)이다. 김종삼의 시 중 깊은 감동을 주는 작품으로, 죽음과 삶에 대해 많은 것을 생각하게 한다.

열서너 살 때

'午正砲'가 울린 다음

점심을 먹고

두 살인가 세 살 되던

동생애를 데리고

평양고등보통학교 운동장에 놀러갔습니다

널따란 운동장이 텅텅

비어 있었습니다

그애는 저를 마다하고 혼자 놀고 있었습니다 중얼거리며 신나게

놀고 있었습니다

저는 먼발치

철봉대에 기대어

그애를 지켜보다가

시간 가는 줄 모르고

기초철봉을 익히고 있었습니다

그애가 보이지 않았습니다

그애는 교문을 나가 뒤도 돌아보지 않고 울다가 그치고 울다가

그치곤 하였습니다


저는 그 일을 잊지 못하고 있습니다

그애는 저보다 먼저 죽었기 때문입니다


돌아올 때

그애가 즐겨 먹던 것을 사 주어도
받아들기만 하고
먹지 않았습니다.

_「운동장」 전문

형과 아우는 열한 살 차이가 난다. 운동장에서 혼자 중얼거리며 신나게 노는 두세 살 된 동생의 모습은 무척 귀여웠을 것이다. 어린 동생을 보는 형의 시선에는 다감한 마음이 담겨 있다. 동생 혼자 재미있게 놀기에 형도 시간 가는 줄 모르고 철봉에 매달렸다가 나중에 둘러보니 동생은 벌써 교문을 나가 뒤도 돌아보지 않고 가고 있었다. 이런 일은 우리들도 겪었을 만한 일이다. 자신을 돌보아야 할 누군가가 자신을 무시하고 자기 일에 몰두할 때 서운함을 느끼고 울음을 터뜨린 기억이 있을 것이다.

감정을 분석할 줄 모르는 어린애는 그저 서럽게 울 뿐이지만 어른의 이성으로 따져보면 그 서운함은 무시당했다는 데서 오는 허전함과 배반감일 것이다. 철학적으로 해석하면 인간과 인간은 결국 단절된 상태로 각자 고립의 길을 갈 수밖에 없다는 인식을 최초로 하게 된 순간이다. "뒤도 돌아보지 않고 울다가 그치고 울다가 그치곤 하였습니다"라는 구절은 어린애가 느꼈던 슬픔의 깊이가 매우 컸음을 나타낸다. 시간이 가도 서럽고 허전해서 울음을 멈출 수가 없었던 것이다.

그런데 그 애는 오래 살지 못하고 세상을 떠났다. 시인은 "그 애는 저보다 먼저 죽었"다고 썼다. 열한 살이 아래인 동생인데

김종삼의 시를 찾아서

스물두 살의 젊은 나이에 결핵으로 세상을 떠났다. 그래서 시인은 "그 일을 잊지 못하고 있습니다"라고 했다. 그렇게 세상의 단절과 소외를 일찍 체험했기에 나보다 먼저 죽은 것이 아닌가 걱정하는 것이다. 그 애가 건강하게 잘 살아서 당당한 모습을 보여 주었다면 그 기억도 뇌리에서 지워졌을 것이다. 그러나 그 애는 스물두 살에 죽었고 그로부터 이십여 년이 지났다. 어릴 때의 그 일로부터는 사십여 년이 지났다. 그래도 그 기억은 지워지지 않고 죄의식의 상흔으로 남아 있다. 천성이 예민한 시인 김종삼이기에 더욱 그러할 것이다.

마지막 장면은 동생이 지녔던 배신감과 슬픔의 깊이를 다시 한 번 더 뚜렷이 각인시킨다. 동생도 보통의 아이가 아니다. 평범한 아이라면 맛있는 것을 사 주면 마음을 푸는 법인데 그 아이는 즐겨 먹던 것을 사 주어도 받아들기만 하고 먹지 않았으니 천성의 예민함이 김종삼 이상이다. 그래서 결핵으로 일찍 세상을 떠난 것인가? 어느 연보에는 동생이 자살했다는 얘기가 나오는데 김종삼은 한 번도 자살이라는 말을 시에 언급한 적이 없다. 너무 마음이 아파서 그 말은 차마 꺼내지 못한 것일까?

예민하기 그지없는 두 형제의 아픈 기억이 담담한 회상의 어조로 펼쳐졌는데, 담담한 어조에도 불구하고 그 사연의 세부적 정황은 우리 마음을 애절하게 울린다. 무어라 중얼거리며 혼자 신나게 노는 아이. 뒤도 돌아보지 않고 울다가 그치고 울다가 그치며 걷는 아이. 즐겨 먹던 것을 사 주어도 받아들기만 하고 먹지 않는 아이. 그리고 형보다 먼저 세상을 떠난 아이. 그 아이에 대한 어린 날의 기억을 죽을 때까지 잊지 못하는 시인. 어릴 때의 그 기억이 인간의 고립과 단절에 대한 최초의 체험과 인식이라는 사실을 정황만으로 그려낸 시인. 그 시인이 김종삼이다.


## 극화된 죽음

일반적인 죽음의 영상은 초기부터 말년까지 오랫동안 지속되었다. 말년으로 갈수록 병고가 깊어지면서 죽음에 대한 지향은 더욱 극적인 방식으로 강화된다. 처음에는 약한 생명체의 죽음에 대한 연민으로 시작한 죽음에 대한 관심은 자신이 직접 약자가 됨으로써 점차 죽음 충동의 극화된 양상을 드러낸다.

「휴가」(『동아일보』, 1968. 9. 5.)는 『십이음계』에 실리면서 약간의 변화가 있었지만, 대체적인 내용은 같다. 제목으로 볼 때 휴가를 맞아 바닷가로 낚시와 사냥을 온 사람들의 모습을 나타낸 것 같다. 낚싯줄을 던졌으나 잘 잡히지 않아서 물새 사냥을 시작했다. 물새 두 마리가 날아와 앉자 몰래 포복하여 접근했다. 녀석들이 빠르고 바쁘게 움직였기 때문에 겨냥하기가 쉽지 않았다. 발사하기 직전의 긴장감을 "숨죽인 하늘이 동그랗다"고 표현했다. 이 동그란 하늘은 물새에게 허락된 조그만 삶의 공간 같다. 결국 한 놈은 뺑소니치고 한 놈은 잡혀 사람들에게 먹힌다. 약자를 죽여 먹이로 삼는 살육의 현장을 "사람의 손발과 같이 모가지와 같이 너펄거리는 나무가 있는 바닷가"로 표현했다.

이 구절은 사람도 누구에게 사냥을 당하면 물새처럼 손발과 모가지를 내 놓고 너펄거리게 된다는 사실을 암시한다. 『동아일보』 발표지면에 덧붙어 있는, 몰락한 친구에 대한 시인의 언급은 그러한 인상을 강화한다.

「두꺼비의 역사(轢死)」(『현대문학』, 1971. 8.)[2]는 차도에 나선 두꺼비가 연탄을 실은 대형차 바퀴에 깔려 터지는 끔찍한 장면을 보여주었다. 처음에는 두꺼비가 차량 밑을 무사히 돌파하는 것이 재미있어 보였다고 했다. 그러나 정작 참사를 목격하자 "소주 한 잔과 설렁탕이 먹고 싶었다"고 적었다. 심한 공허감이 공복감으로 느껴진 것이다. 여기에는 그 모습을 장난삼아 바라본 자신에 대한 자책의 의미도 포함되어 있다. 시인은 앞의 물새의 경우와 마찬가지로 두꺼비를 자신과 동일화하고 있다. 그것은 시인처럼 무력한 자리에 놓인 연약한 모든 존재에 대한 연민이기도 하다.

이러한 의식이 「장편」(『시문학』, 1975. 4.)에서 보신용으로 팔려 다니는 두 마리 염소의 모습을 보여주면서 "나 같으면 어떤 일이 있어도 녀석들을 죽이지 않겠다"고 말하도록 이끌었을 것이다. 인간이 자신의 탐욕에 의해 약한 생명체를 죽이는 일이 있어서는 안 된다는 선언이다. 이러한 정신이 강하게 표출되지는 않았지만 그는 시를 통해 인간이 보여주어야 할 인간다움의 경계선을 드러내려 했다. 그러나 말년으로 가면서 폭음의 고질이 깊어지자 감당하기 어려운 고통의 극한에 직면하게 된다. 인간의 위엄을 지킬 수 없게 되자 스스로 죽음에 다가가려는 기색을 시로 표현한다.

햇살이 눈부신
어느 날 아침

하늘에 닿은 쇠사슬이
팽팽하였다

올라오라는 것이다.

친구여. 말해 다오.

_「올페」 전문

'올페'의 이름이 등장하는 그의 시는 모두 죽음과 관련되어
있다.[3] 그리스 신화의 오르페우스가 죽은 아내를 찾아 저승을
여행하였으나 아내의 귀환에 실패하고 결국 자신도 죽게 되는
인물이기 때문일 것이다. 위의 시는 『시와 의식』(1975. 9.)에 발
표되고 그의 시집에는 수록되지 않았다. 1975년이면 방송국에
재직할 때고 술에 그렇게 탐닉하지 않았던 시절인데 죽음에 대
한 관심은 비교적 분명하게 드러나 있다.

 "하늘에 닿은 쇠사슬"은 땅과 하늘을 이어주는 연결 고리일
것이다. 그것이 팽팽하다는 것은 마음만 먹으면 누구든 하늘로
갈 수 있다는 뜻으로 읽힌다. 하늘에선가 "올라오라는" 소리가

들린다. 지상의 삶에 막을 내리고 하늘로 올라오라는 것인데 그 소리가 들리는 시간이 "햇살이 눈부신" 아침이라는 점이 특이하다. 환한 아침이 하늘로 오르기에 적당한 배경일까? 그만큼 순수한 기운이 펼쳐져 있어야 하늘로 갈 자격이 있다는 뜻일까? 마지막 시행 "친구여. 말해다오."는 먼저 간 친구에게 하는 말인지, 지상의 친구에게 묻는 말인지 분명치 않다. 시인은 오래 전에 죽은 전봉래를 떠올린 것일까? 평생 이렇다 할 친구가 없었다는 시인이 친구에게 물었으니 대답이 있을 리 없다. 청명한 하늘의 고요함만 깊었을 것이다.

앞에서 「발자국」(『문학춘추』, 1964. 12.)이 『시문학』(1976. 4.)에 재발표되면서 동생을 언급했던 구절이 시인 자신에 대한 언급으로 바뀌었다고 했다. 거기 새로 들어간 구절은 "아무 일 없다고 더 살라고"이다. 이 말은 마치 "친구여. 말해 다오."의 대답에 해당하는 구절 같다. 하늘로 올라갈 통로가 마련되어 있어도 지금은 아무 일 없으니 그냥 더 살라는 전언 같다. 그 말을 자신을 따라오는 사자가 했다는 것이다. 이로 보면 그의 죽음 여행은 조금 유보되는 듯하다.


## 그치지 않는 전신의 고통

그러나 이것은 그의 건강 상태가 어느 정도 회복된 단계의 일이다. 그 이전 건강이 매우 상했을 때 쓴 세 편의 「투병기」에

는 고통스러운 투병 과정과 불길한 죽음의 행로가 그대로 제시
된다.

다시 끝없는 황야가 되었을 때
하늘과 땅 사이에
밝은 화살이 박힐 때
나는 坐客이 되었다
신발만은 잘 간수해야겠다
큰 비가 내릴 것 같다

_「투병기 2」 전문

한밤중 나체의 산발한 마녀들에게 쫓겨 다니다가
들어간 곳이 휘황한 광채를 뿜는 시체실이다 다가선 여러 마리
의 마녀가 천정 쪽으로 솟아올라 붙은 다음 캄캄하다

다시 새벽이 되었다 뭘 좀 먹어야겠다

_「투병기 3」 전문

이 두 편의 시는 『문학과 지성』(1974년 겨울호)에 발표되었다.
제목이 「투병기 2」와 「투병기 3」으로 된 것은 『현대문학』(1975.
1.)에 발표한 「투병」 때문인 것 같다. 『현대문학』에 발표한
「투병기」는 "꺼먼 부락이다/ 몇 겹의 유리가 하나씩 벗겨지고
있었다"로 시작하는 작품이다. 그는 「투병기」라는 제목으로 세

작품을 만들어 하나는 『현대문학』에, 둘은 『문학과 지성』에 보낸 것이다. 이 세 작품 중 시집에 수록된 것은 「투병기 2」로, 「투병기」라는 제목으로 『누군가 나에게 물었다』에 수록되었다. 앞에서도 언급했지만 김종삼의 시는 같은 제목으로 발표된 것이 많기 때문에 제목 다음에 시의 첫 어구를 넣어서 구분할 필요가 있다. 그런 식으로 다시 서술하면, 그의 시집에 수록된 작품은 「투병기 - 다시 끝없는」뿐이다.

「투병기 2」에서 "다시 끝없는 황야가 되었을 때"라는 구절을 보면 고통의 경험은 그 이전에도 있었음을 알 수 있다. 다시 고통이 시작되어 죽음을 향해 가는 황야에서 하늘과 땅 사이에 "밝은 화살이" 박혔다고 했다. 이 "밝은 화살"은 앞의 시 「올페」에서 본 "하늘에 닿은 쇠사슬"과 통한다. 하늘로 올라갈 수 있는 길이 마련된 것이다. 그러나 시인은 "坐客이 되었다"고 했다. '좌객'이란 일어서지 못하는 장애인을 일컫는 말이다. 움직일 수 없는 처지가 되어 하늘로 오를 수 없게 되었으니 신발이나 잘 간수하고 앞날에 대비해야겠다는 것이다.

「투병기 3」은 드라큘라 영화의 한 장면처럼 마녀가 자신을 공격하는 악몽을 그렸다. 나체의 산발한 마녀들이 천정에 달라붙어 있는 모습은 영화의 한 장면을 옮겨 놓은 듯하다. 그들에게 쫓기는 꿈에서 깨어난 새벽, 시인은 공복감을 느꼈다고 했다. 이것은 「두꺼비의 역사」에서 두꺼비가 바퀴에 깔려 죽는 참사를 목격한 다음 공복감을 느낀 것과 유사하다. 정신의 공허감이 공복감으로 전환된 것이다. 이 정신의 공허감은 어쩔 수 없이 죽음에 다가가는 자신의 무력함과 관련이 있다. 두꺼비의 죽음에 대처할 수 없듯 자신의 죽음에도 별 대책이 없는 것이다.

『현대문학』에 실린 「투병기」도 불길한 정황을 보여주는 것에는 차이가 없다. 보이는 것은 "꺼먼 부락"이요, "몇 겹의 유리가 하나씩 벗겨지"는 기이한 상황이다. "하얀 바람결"이 차갑고, 폐가가 즐비하고, 골목은 온통 진창이다. 이런 황폐한 상황에서 "살 곳을 찾아가는 중"이라고 했다. 이 말은 "신발만은 잘 간수해야겠다"나 "뭘 좀 먹어야겠다"와 상통하는 점이 있다. 황야에 좌객이 되어 주저앉아 있거나, 기괴한 마녀에게 쫓기는 악몽에 시달리거나, 황폐한 부락을 헤매거나, 불길한 죽음의 예감에 시달리면서도 생존의 의지를 포기하지 않는다는 점이다. 그는 투병의 고통 속에서도 죽음에 굴복하지는 않는다.

「외출」(『현대문학』, 1977. 8.)에서 시인은 죽음의 굴레에서 벗어나 보려는 꿈의 비행을 시도해 본다. 이 시는 『현대문학』에 발표된 형태 그대로 시집 『누군가 나에게 물었다』에 수록되었는데, 전집에 수록되면서 형태가 어그러졌다. 한자를 정리한 정본 형태로 인용한다.

밤이 깊었다
또 외출하자

나는 비상할 수 있는 초능력의 괴물체이다

노트르담사원
서서히 지나자 측면으로 한 바퀴 돌자 차분하게

화란
루벤스의 방대한 천정화가 있는
대사원이다

화면 전체 밝은 불빛을 받고 있다 한 귀퉁이 거미줄 쓸은 곳이
있다

부다페스트

죽은 神들이
點綴된

漆黑의
마스크

외출은 短命하다.

_「외출」전문


"또 외출하자"는 말로 볼 때 밤이 전해 주는 불길한 죽음의
전조를 피해 상상의 외출을 여러 번 감행했음을 알 수 있다. "비

상할 수 있는 초능력의 괴물체"라는 말은 암울한 현실을 넘어설 수 있는 상상의 자유를 최대로 긍정하는 자신감의 표현이다. 그는 루벤스의 웅장한 천정화가 있는 노트르담사원을 천천히 한 바퀴 돈다고 했다. 여기 나오는 노트르담사원은 루벤스가 활동한 안트베르펜의 대성당을 말한다. 현재 안트베르펜은 벨기에에 있지만, 그 시대에는 네덜란드에 속했으므로 '화란(和蘭)'이라고 해도 틀린 말은 아니다.

가기 힘든 유럽의 서부 명소를 조망하던 상상의 외출은 결국 유대인 대학살이 자행된 부다페스트에서 멈춘다. 2차 세계대전 당시 부다페스트에 거주하던 20만 정도의 유태인 중 상당수가 나치 독일에 희생되었다. "죽은 神들이/ 點綴된// 漆黑의/ 마스크"는 그 잔혹한 참상의 표상이다. 죽은 신들의 자취가 점처럼 얼룩져 있는 불길한 검은 마스크로 상상적 외출의 종료를 알린 것이다. 죽음은 피할 수 없는 것. "외출은 短命하다"는 짧은 시행은 죽음의 불길함을 넘어서려는 시도가 번번이 실패로 끝났음을 알리는 낭패감의 전언이다.

일 년쯤 지난 후 『월간문학』(1978. 5.)에 발표한 「형(刑)」이라는 작품은 죽음으로 가는 삭막한 여로를 고통을 참아내는 듯한 단형의 독백으로 드러낸다.


여긴 또 어디메냐
목이 마르다
길이 있다는

물이 있다는 그 곳을 향하여

罪가 많다는 이 불구의 영혼을 이끌고 가 보자

그치지 않는 전신의 고통이 하늘에 닿았다

_「형(刑)」 전문

이 시의 제목은 자신이 겪는 전신의 고통이 자신의 죄에 대한 형벌임을 암시한다. 다른 무엇을 탓하지 않고 모든 고통을 자신의 형벌로 받아들이는 이 시의 어조는 감동적이다. 그런 점에서 이 시는 그가 남긴 명편 중의 명편이다. 물도 없는 이곳은 어디인가? 목마름을 참으며 걸어야 하는 여기는 어디인가? 길이 있다는, 물이 있다는 그곳은 어디인가? 죄가 많다는 불구의 영혼이 갈 길은 어디인가? 전신의 고통이 닿은 그 하늘은 어디인가? 세상에 태어나 사는 것이 곧 죄 짓는 것인 인간은 이 길을 걸을 수밖에 없는 것인가? 그래서 그는 그 길을 걷고, 우리는 또 이 길을 걷는 것인가? 아아, 김종삼이여!

## 죽음의 갈림길

1980년에 발표한 두 편의 작품에서 그는 죽음이 임박했음을 기정사실로 받아들인다. 그 두 편의 작품은 「그날이 오며는」(『시문학』, 1980. 1.)과 「소금 바다」(『세계의 문학』, 1980년 가을호)다. 죽음을 수용하면서도 그에게는 고통이 없다. 아니, 죽음을

수용했기에 고통이 없는 것 같다. 그는 죽음에 순응하며 죽음의
길로 나설 준비를 한다.

　　머지않아 나는 죽을 거야
　　산에서건
　　고원지대에서건
　　어디메에서건
　　모차르트의 플루트 가락이 되어
　　죽을 거야
　　나는 이 세상에 맞지 아니하므로
　　병들어 있으므로
　　머지않아 죽을 거야
　　끝없는 평야가 되어
　　뭉게구름이 되어
　　양떼를 몰고 가는 소년이 되어서
　　죽을 거야

　　　　　　　　　　　　　　_「그날이 오며는」 전문

　자신이 죽는 장소를 '산'과 '고원지대'로 설정한 것은 예술을
창조하는 정신의 높은 자리를 염두에 둔 배려일 것이다. "어디
메에서건"이라고 했지만 그가 원하는 것은 산이나 고원지대 같
은 소슬한 정점이다. 이왕 죽을 것이면 그가 사랑하는 모차르트
의 플루트 선율이 퍼지는 가운데 세상을 뜨고 싶고, "끝없는 평

야"나 자유로운 "뭉게구름이 되어" 세상을 떠나고 싶다고 했다. "양떼를 몰고 가는 소년"이 되어도 좋다고 했다. 그의 희망은 단순하다.

이렇게 평화로운 죽음을 상정했다는 것은 그의 건강이 최악의 상태가 아니라는 것을 반증한다. 죽는 것이 차라리 나을 정도의 고통에 시달리던 시기에는 이런 평화로운 죽음은 아예 상상도 하지 못했다. 죽음의 이유에 대해 "이 세상에 맞지 아니하므로"라고 한 것은 초기 시 「원정」에서부터 지속되던 발상이다. 전쟁 난민 체험에서 유래된, 세상과 맞지 않는다는 위화감이 일생을 지배했고 그것이 죽음으로 그를 몰아간 동인이기도 하다.

세상에 적응할 수 없는 존재가, 이 세상의 창조물인 모차르트의 선율을 사랑하고, 이 세상의 풍경인 끝없는 평야의 뭉게구름과 양떼를 몰고 가는 소년을 연상한다는 것도 하나의 아이러니다. 그는 세상에 맞지 않지만 한편으로 세상을 사랑한 것이다.

"머지않아 나는 죽을 거야"라고 말한 시점으로부터 그는 만 5년을 더 살았다. 그러나 그 5년의 과정은 뭉게구름의 시간이 아니었고 양떼를 모는 소년의 공간이 아니었다. "모차르트의 플루트 가락"과는 너무나 다른 참담한 시공을 거쳐 가야 했다.

나도 낡고 신발도 낡았다
누가 버리고 간 오두막 한 채
지붕도 바람에 낡았다
물 한 방울 없다

아지 못할 봉우리 하나가
햇볕에 반사될 뿐
鳥類도 없다
아무 것도 아무도 물기도 없는
소금 바다
주검의 갈림길도 없다⁴

_「소금 바다」 전문

이 시에는 아무 것도 없는 무의 공간이 제시되어 있다. 적막
과 정지의 형상이 중심을 이룬다. 이때 그의 나이 육십인데 그
는 모든 것이 낡았다고 생각한다. 앞의 시 「투병기 - 다시 끝없
는」에서 "잘 간수해야겠다"고 했던 '신발'도 여기서는 "낡았다"
고 한다. 그 시를 쓴 때로부터 5년이 지난 것이다. 버리고 간
오두막만 있을 뿐 물 한 방울 없고 날거나 우는 새 한 마리 없
다. 생사의 갈림길도 없으니 어디까지가 삶의 길이고 어디서부
터가 죽음의 길인지 알 수 없다. 모든 것이 정지되고 적막이 지
배하는 소금 바다를 그는 걸어가려 한다. 사막을 걷는 고된 여
로가 본격적으로 시작된 것이다. 그는 자신의 망가진 모습을 다
음과 같이 한 줄 시로 표현했다.

망가져 가는 저질 플라스틱 임시 인간

_「나」 전문(『심상』, 1980. 5.)

인간을 플라스틱으로 비유한 시는 1980년대 중반 이후 생태
시가 나오면서 시작되었다. 김종삼의 이 시는 생태학적 상상력
과는 관련이 없지만 플라스틱으로 인간을 표현한 선구적 사례
에 속할 것이다. 그것도 저질 플라스틱으로 임시로 만든 인간이
라 했다. 자기모멸의 극단을 표현한 것이다. 그 임시 인간이 이
제 망가져 간다. 망가져 부서지는 플라스틱이니 생사의 구분이
있을 리 없다. 이승과 저승의 구분이 없는 것이다.

저는 투병하면서 걸레 같은 옷을 걸치고 돌아다닐 때가 많았습니다
이승과 저승이 다를 바 없다고 중얼거리면서 죽어도 밖에서 죽
자고 중얼거리면서 오늘 날짜로 죽자고 중얼거리면서
金炳翼
吳圭原
崔夏林
鄭玄宗
朴提千
金鍾海가 여러 번 보살펴 주었습니다. 죽을 날이 가까웠다고
걱정해 주던 나의 형 金宗文이가 저보다 먼저 죽었습니다
저는 날마다 애도합니다
죽은 지 오래 된 아우와
어머니를
그리고 金冠植을.

_「사별」 전문(『현대문학』, 1983. 11.)

지병이 악화되어 사경을 헤매다가 조금 소생을 하면 자신의 정황을 이처럼 솔직하게 토로하며 타인에 대한 고마움을 실명으로 표시하기도 했다. 삶의 희망을 잃은 그는 자포자기의 심정으로 폭음에 의한 자연사를 도모했다. "중얼거리면서"라는 말의 반복은 알코올 의존자의 증세를 사실대로 나타낸 것이다. 그는 무언가 중얼거리며 허름한 옷을 입고 거리를 배회했다. 여기 열거한 문인들은 분명히 그만한 사정이 있는 사람들의 이름이다. 시인은 자신이 저승 문턱을 오가고 있지만 기억은 분명하다는 사실을 강조하듯 실명을 한자로 제시했다.

그리고 형 김종문의 죽음을 이야기했다. 뒤에 발표한 「장편」(『세계의 문학』, 1984년 가을호)에서는 김종문의 죽음을 이야기하면서 "내가 죽고 살고 싶어 했던 그가 살았어야 했을 것이다"라고 썼다. 형의 앞선 죽음이 그는 못내 마음에 걸렸던 것이다. 언제나 마음에 걸려 있던 어려서 죽은 동생과 어머니를 애도하는 것은 충분히 이해할 수 있는 일인데 이 자리에 김관식의 이름이 같이 들어간 것은 뜻밖이다.

김관식의 이름이 들어간 시로는 「시인학교」(『시문학』, 1973. 4.)가 있다. 상상의 시인학교를 소개하면서 강사들이 모두 결강한 강의실에 김관식이 막걸리를 들고 들어와 "쌍놈의 새끼들"이라고 소리를 지르는 장면이 있다. 욕 잘하고 술 잘 먹는 김관식이기에 여기 배치된 것은 자연스럽다. 김관식은 김종삼보다 13년 아래인데 1970년 37세의 나이에 술병으로 세상을 떠났다. 이 시를 쓸 때 김관식이 죽은 지 3년밖에 안 되어 그의 기억이

남아 있었기에 시에 등장시켰을 것이다. 그로부터 10년의 세월
이 지난 후 다시 김관식을 떠올린 것은 술로 세상을 떠난 기인
이라는 점에서 현재 자신의 처지와 상통하는 면이 있었기 때문
이다. 술로 몸을 상해 세상을 떠난다는 점에서 동질감을 느낀
것이다. 그리고 여기에는 술로 세상을 떠날 자신에 대한 애도의
마음도 포함되어 있었을 것 같다.

　1982년부터 2년간 그는 죽음의 그림자를 안고 살았다. 「등산
객」(『월간문학』, 1982. 9.)에는 건강이 조금 회복되었을 때 산기슭
으로 산책을 간 내용이 담겨 있다. 하늘을 올려다보고 "준령의
석양녘/ 옆으로 길게 퍼진/ 금빛 구름 작대기들"의 생명의 기운
을 잠깐 느끼다가도 "나는 살아갈 수 없는 중환자이다"라고 곧
포기를 한다. 이미 그의 마음이 생의 기운을 잃은 것이다. 준령
의 바위를 보고서도 거기 어른거리는 무늬에서 어둠을 감지하
고 "어른거리는 검은 반점들이/ 무겁다"고 죽음의 그림자에 굴
복한다. 일단 폭음이 시작되면 "날짜 가는 줄 모르고 폭주를 계
속하다가 중환자실에 유폐"(「죽음을 향하여」⁶)된다. 극한의 고통
은 하느님은 "죽은 이들의 기도만 듣는다"(「벼랑바위」⁷)는 죽음에
대한 동경으로 이어진다.

　김종삼이 말년에 이렇게 폭음과 투병과 죽음 충동으로 이어
지는 시만 남겼다면 우리가 특별히 그를 기억할 이유가 없었을
지 모른다. 그러나 그는 전쟁 난민의 상처를 짊어진 가난과 병
고의 삶 속에서, 그리고 말년의 폭음과 죽음 충동의 시간 속에
서도 인간 감정의 여러 측면을 성찰하고, 인간의 연약함에 대한

연민과 인간의 고귀함에 대한 믿음을 버리지 않았다. 자신의 고통에 몸부림쳤지만 그 속에서도 인간의 사랑과 생의 평화를 희구했다. 그런 점에서 그는 고통의 제단에 바쳐진 진정한 시인의 표상이다. 그는 오르페우스의 후예요 보들레르의 후신이며 윤동주의 벗이다. 그가 걸어간 죽음의 가혹한 여정에는 진정한 시인들이 보여준 생의 보석과 광채가 있다.

# 5 생의 연민과 슬픔

## 세상과의 어긋남

김종삼의 삶과 시를 지배한 심리적 배경을 한 마디로 잘라 말하면 허무다. 그의 시는 초기의 작품부터 세상은 별 의미가 없으며 세상을 살지 않아도 상관없다는 일종의 냉소적인 허무주의를 담고 있다. 자신은 세상과 어울리지 못하고 처음부터 세상과 어긋나 있다는 인식이 지배적이다. 이러한 의식은 그가 늘 자신의 문단 데뷔작이 될 뻔한 작품이라고 버릇처럼 말한 「원정(園丁)」에 잘 나타나 있다. 일찍이 김현은 이 작품에 대해 시인과 세계와의 불화가 단정적으로 표명되었다고 지적한 바 있다.[1]

그는 이 시를 1953년에 발표했다고 말했으나 확인되는 것은 『신세계』(1956. 3.)에 발표한 「원정」뿐이다. 이 시 역시 여러 지면에 수록된 작품으로, 『전쟁과 음악과 희망과』(1957), 『한국문학전집 35 시집(하권)』(1959), 『52인 시집』(1967)을 거쳐 『십이음계』(1969)에 수록됨으로써 일단 결정본의 형태를 갖게 되었다. 각 수록본은 차이를 감지하지 못할 정도의 미미한 변화가 일어났는데, 각 판본을 대조하여 내가 생각하는 정본을 제시하면 다음과 같다.[2]

苹果나무 소독이 있어
모기 새끼가 드물다는 몇 날 후인
어느 날이 되었다.

며칠 만에 한 번만이라도 어진
말솜씨였던 그인데
오늘은 몇 번째나 나에게 없어서는
안 된다는 길을 기어이 가리켜 주고야 마는 것이다.

아직 이쪽에는 열리지 않는 과수밭
사이인
스무나무 가시 울타리
길 줄기를 벗어나
그이가 말한 대로 얼만가를 더 갔다.

구름 덩어리 얕은 언저리
식물이 풍기어 오는

유리 온실이 있는
언덕 쪽을 향하여 갔다.

안쪽과 주위라면 아무런
기척이 없고 無邊하였다.
안쪽 흙 바닥에는
떡갈나무 잎사귀들의 언저리와 뿌롱드 빛깔의 과실들이 평탄하
게 가득 차 있었다.

몇 개째를 집어 보아도 놓였던 자리가
썩어 있지 않으면 벌레가 먹고 있었다.
그렇지 않은 것도 집기만 하면 썩어 갔다.

거기를 지킨다는 사람이 들어와
내가 하려던 말을 빼앗듯이 말했다.

　　　당신 아닌 사람이 집으면 그럴 리가 없다고―.
　　　　　　　　　　　　　　　　　　　_「원정」 전문

　이 시에 어색한 어법이 더러 나오는 것은 앞에서 말한 대로
한국어 구사의 미숙성 때문이다. 이것을 감안하면서 문맥이 쉽
게 파악되지 않는 구절부터 그 의미를 해석해 보겠다.
　'평과나무'는 사과나무다. 일제 강점기에는 사과를 '苹果'라고

했다. 그러니까 사과나무 과수원이 배경이다. 모기가 날아다니니 계절은 여름이다. 소독을 해서 모기가 드물다는 말을 들은 며칠 후 과수원 길을 가게 되었다고 했다. 그것은 '그'라는 사람이 '나'에게 길을 일러 주었기 때문이다. 그는 "며칠 만에 한 번만이라도 어진 말솜씨"를 보이던 사람이다. 말하자면 그렇게 친절하지 않은, 퉁명스럽고 말이 없는 사람이다. 그런 그가 나에게 "없어서는 안 된다는 길"을 몇 번이나 가리켜 주었다는 것이다. 초기 발표본에는 이 구절이 "없어서는 안 된다는 마련돼 있다는 길"로 되어 있다. 이것은 필연적으로 갈 수밖에 없는 어떤 운명적인 길이라는 의미를 떠오르게 한다. 평소 말이 없던 그가 꼭 가 보아야 할 길이라고 몇 번이나 가리켜 주었기 때문에 나는 그가 일러 준 대로 어린나무 과수밭 사이 시무나무 울타리 옆길을 벗어나 얼마를 더 갔다. 구름이 얕게 깔려 있는 언덕을 향해 갔는데, 거기 식물의 향이 풍기어 오는 유리 온실이 있었다.

온실 안쪽과 주위가 아무 기척이 없고 "無邊하였다"고 했다. 무변하다는 것은 원래 끝이 없다는 뜻이다. 여기서는 넓고 평평하다는 뜻으로 사용된 것 같다. 온실 안쪽 바닥에 과실들이 평탄하게 가득 차 있는데 그 과실들은 "뿌롱드 빛깔", 즉 금빛(blond)이라고 했다. '뿌롱드'는 불어의 음감을 살려 적은 표기다. 그런데 그 앞에 있는 "떡갈나무 잎사귀들의 언저리와"는 무슨 뜻인가? 떡갈나무 잎은 넓고 두터우니 과일이 상하지 않게 떡갈나무 잎을 사이에 넣은 것이다. 일찍 수확한 금빛 과일이라면 그렇게 귀하게 대우할 필요가 있으리라. 여기까지는 아득하고 평화로운 정경이 펼쳐졌다. 구름이 나직하게 깔린 언덕의 식물 향이 풍기어 오는 온실, 조용하고 넓고 평평한 공간, 떡갈나무 잎 사이로 평탄하게 쌓여 있는 금빛 과실 등 어느 것 하나 눈에 거슬리는 것이 없는 안온한 풍경들이다. 이것이 그가 앞으로 거치게 될 운명의 모습이라면 그것은 참으로 평화롭고 복될 것이다.

그러나 과일 몇 개를 집어든 순간 그 아늑함은 깨어진다. 내가 집어 든 과일은 다 썩어 있었고 "그렇지 않은 것도 집기만 하면 썩어 갔다"고 했다. 참으로 끔찍한 장면이다. 여기서 우리가 머리에 그리던 평화의 장면은 흉한 악몽으로 돌변한다. 더욱 중요한 것은 마지막에 나오는 "내가 하려던 말을 빼앗듯이 말했다"는 대목이다. 즉 자신에게 문제가 있다는 것을 스스로가 이미 알고 있었다는 사실이다. 불행한 결말은 이미 운명으로 예정되어 있었다. 그러기에 나에게 길을 알려준 '그'는 주인공에게 불행한 운명을 알려주는 전설 속의 예언자 같은 느낌을 준다.

손이 닿기만 하면 모든 과일이 썩어간다면 지상의 어느 것에도 그는 손을 댈 수가 없으리라. 그는 세상으로부터 철저히 소외된 천형의 죄인이 된다. 아무리 아름다운 것도 그의 소유가 될 수 없고 아무리 풍성한 과실도 그의 양식이 될 수 없다. 그는 풍족한 공간으로부터 유리되어 과일 한 알도 소유할 수 없게 된 것이다. 세상을 떠돌며 세상과 거리를 유지하는 것이 그의 운명이다. 그의 방랑의 기원이 여기에 있다.

그런데 이 운명이 그에게 국한된 것이 아니라는 데 더 큰 문제가 있다. 세상에 존재하는 모든 존재자들이 이러한 운명을 피할 수 없다고 그는 생각한다. 그렇기 때문에 지상에 살고 있는 모든 사람들이 다 비애의 존재들이다. 그들 또한 세상과 어긋나 화합하지 못하기 때문이다. 살려고 움직이는 것도 슬프고 가만히 머물러 있는 것도 슬프다. 김춘수가 김종삼 시의 특징으로 지적한 "존재자로서의 근원적 슬픔"[3]이 이것이다. 인간은 본질적으로 슬플 수밖에 없고 슬픔의 운명을 벗어날 수 없다는 생각이다. 이 생각은 인간의 삶을 연민과 슬픔의 눈으로 바라보게 한다.

## 모호한 슬픔의 음영

『신영화』(1954. 11.)에 발표한 「뾰죽집이 바라보이는」은 『전쟁과 음악과 희망과』(1957), 『52인 시집』(1967)을 거쳐 『십이음계』에 「뾰죽집」으로 정착되었다. 제목은 바뀌었지만 첫 발표 지면의 형태가 거의 변하지 않은 작품이다. 이 작품은 그가 지닌 생의 슬픔과 연민이 어떠한 것인가를 원형의 모습으로 보여준다.

　　뾰죽집이 바라보이는 언덕에
　　구름장들이 뜨짓하게 대인다

뽀뙤가 앞만 가린 채 보드라운
먼지를 타박거리고 있다. 놀고 있다.

뾰죽집 언덕 아래에
아치 같은 넓은 문이 트인다.

뽀뙤는 나팔 부는 시늉을 했다.

장난감 같은
뾰죽집 언덕에

자줏빛 그늘이 와
앉았다.

_「뾰죽집」 전문

　이 시는 그야말로 "장난감 같은" 환상적인 풍경을 보여준다.
뾰죽집이 바라보이는 언덕에 구름이 낮게 떠 있고, 앞만 가린
어린아이가 천진스럽게 놀고 있다. 원경의 장면인 것 같은데 어
린애가 "보드라운 먼지를 타박"거린다고 하니 먼지의 감촉이 가
까이 느껴지는 듯 신비로운 느낌을 준다. "아치 같은 넓은 문이
트인다"고 했는데 이것은 마치 어린애가 천진하게 놀아서 그 반
응으로 신비로운 문이 열리는 것 같은 느낌을 준다. 어린애는
거기 호응하는 듯 나팔 부는 시늉을 한다. 이러한 일련의 장면

은 원근의 거리감도 분명치 않고 장소의 실재성도 모호하다. 우리의 삶의 현장과는 다른 꿈속의 장면 같다. 현실과 떨어져 있기에 그것은 몽상적 신비감과 함께 한편으로는 공허한 느낌을 준다. 어린아이가 노는 장면이 천진하고 신비스럽기는 하지만 어딘지 모르게 쓸쓸해 보인다. 진공 속에 아이 혼자 노는 것 같은 거리감을 불러일으킨다.

전체적으로 이 시에는 인간의 자취가 배제되어 있다. 이 시는 우리에게 아름다움과 평화로움을 전해 주지만 한편으로 기묘한 슬픔의 음영을 안겨 준다. 마지막 연의 "자줏빛 그늘"은 밝음과 어둠을 동시에 머금고 있는 복합적 어구다. 그것은 천진하면서도 쓸쓸한 어린아이의 모습과 대응된다. 밝음과 어둠의 이미지가 교차하고 정지와 동작의 형상이 이어지던 이 시의 전개는 "자줏빛 그늘"로 귀착된다. 그래서 이 아이의 앞뒤에 「그리운 안니·로·리」의 "얼마 못 가 죽을 아이", 「민간인」의 "울음을 터뜨린 한 嬰兒"의 영상이 배치되는 것은 어쩔 수 없는 일이다. 어린아이가 노는 고요한 정경이 까닭 없는 슬픔의 음영을 전해 준다. 아무것도 아닌 고요가 주는 생 자체의 슬픔. 그것은 초기작인 다음 시에서도 엿볼 수 있다.

물
닿은 곳

神羔의

구름 밑

그늘이 앉고

杳然한
옛
G 마이나

_「G 마이나」 전문

　이 시는 『전쟁과 음악과 희망과』(1957)에 처음 모습을 드러낸
후 『한국문학전집 35 시집(하권)』(1959), 『본적지』(1968), 『십이
음계』(1969)에 수록되었는데, 위의 인용은 『본적지』의 것이다.
『본적지』는 김종삼, 문덕수, 김광림의 합동 시집인데, 당시 대
형 출판사인 '성문각'에서 간행하여 편집과 교정을 믿을 수 있
고, 합동 시집이라 세 사람이 함께 교정을 보았기 때문에 신뢰
도가 높다. 『십이음계』에 수록된 「G 마이나」는 지면 배치를 위
해 원래 시형을 무리하게 바꾸었다는 느낌이 들어서 『본적
지』의 형태를 정본으로 삼는다. 특히 『십이음계』에 "神羔"를
"神恙"으로 표기한 것은 오식으로 해석에 혼란을 일으키는 계기
가 되었다. '神羔(신고)'는 '하느님의 어린 양'이라는 뜻으로, '神
恙(신양)'은 '하느님의 근심'이라는 뜻으로 풀이되는데, 여기서는
전자가 문맥에 부합한다.[4]
　김종삼이 고수한 "G·마이나"의 가운뎃점은 「그리운 안니·

로·리」에서 본 것처럼 서양인의 성과 이름 사이에 찍던 일본식 기호기 때문에 우리식으로 표기할 때는 그냥 "G 마이나"라고 하면 된다. 'G minor'는 고음의 단음조 음계로 김종삼이 좋아한 드뷔시, 라벨, 모차르트 등의 작곡가들이 이 음계의 곡을 많이 작곡했다. 김종삼은 'G minor'의 선율을 떠올리며 간결한 시어와 이미지를 통해 마음의 정황을 표현하려 한 것이다.

그는 언어를 극도로 절제하여 하나의 단어로 한 시행을 구성하여 새로운 상상을 자극하고자 했다. 첫 행의 "물"은 생명의 근원이 되는 물기를 상징한다. "물 닿은 곳"이라면 생명이 싹트고 자랄 만한 공간을 의미할 것이다. 생명의 물기가 닿은 곳은 하나님의 어린 양이 깃들어 사는 구름 밑이다. 앞의 시에서도 보았지만 나지막한 구름은 그의 시에서 아늑한 평화의 공간으로 자주 등장한다. 이 시의 첫 연과 둘째 연은 긍정적인 의미를 담고 있다. 셋째 연에 비로소 '그늘'이 등장하여 부정적 기색을 드리운다. 미세한 슬픈 음영이 후면에 배치된다.

그 다음에 나오는 "杳然한"과 "옛"은 공간적 시간적 거리감으로 인해 모든 것이 모호해졌음을 의미한다. 이제는 볼 수 없고 갈 수 없는, 아련한 기억만으로 존재하는, 과거의 혹은 먼 곳의 아름다운 선율을 떠올려 본다. 이것은 우리의 생이 확정할 수 없는 모호한 상태로 전개될 수밖에 없음을 암시하는 듯하다. 그런 격절의 거리감이 우리의 숙명이라고 속삭이는 듯하다. 이 시는 그런 난처하고 모호한 아름다움을 아련한 슬픔의 음영으로 환기한다. 모호한 아름다움과 아련한 슬픔의 미묘한 공존! 김종삼이 이 시를 아낀 것은 이 점 때문일 것이다.

세 번째로 검토할 작품은 「라산스카」 시편이다.[5] '라산스카'가 미국에서 활동한 여성 소프라노 훌다 라산스카(Hulda Lashnska)라는 추정은[6] 이제 기정사실로 굳어진 것 같다. 「라산스카」라는 제목으로 제일 처음 발표한 작품은 「라산스카 - 미구에 이른」(『현대문학』, 1961. 7.)이지만 이 작품은 다음 장에서 살펴보기로 하고, 두 번째로 발표한 다음 작품을 먼저 검토한다.

루-부시안느의 개인 길바닥.
한 노인이 부는 서투른
목관 소리가 멎던 날.

묵어 온 최후의 한 마음이
그치어도
라산스카.

사랑과 두려움이
개이어도

_「라산스카」 전문(『자유문학』, 1961. 12.)

앞의 「G 마이나」만큼이나 짧으면서도 모호한 이 시의 의미는 무엇일까? "루-부시안느"는 프랑스 파리 근교의 아름다운 마을 루브시엔(Louveciennes)이다. 화가 알프레드 시슬레가 여기

살며 주변의 풍경을 그림으로 남겼고, 장 르누아르, 카미유 피사로 등도 작품을 남겼다. 김종삼은 이들의 그림을 통해 이 지명에 접했을 것이다. 보지는 못 했지만 그림을 통해 알고 있는 인상적인 풍경을 떠올리며 그 장면에 노인이 부는 서투른 목관 악기 소리를 병치시켰다. 개인 길바닥에 악기 소리가 멎었다는 서술은 모호하면서도 무언가 슬픔의 분위기를 자아낸다. 그 목관 악기의 음색에서 시인은 오랫동안 간직해 온 "최후의 한 마음"을 떠올린다. 비록 악기 소리는 서투르지만 거기에 마음속에 오래 간직했던 마지막 감정이 담겨 있다고 본 것이다.

그 소리는 셋째 연에서 "사랑과 두려움"으로 다시 병치된다. 악기를 연주하는 소리가 그치자 사랑과 두려움의 감정도 사라지는 것 같다. 그것 역시 확실치 않으므로 "그치어도", "개이어도"라고 미완의 모호한 구문을 사용했다. 세상에 확실한 것은 어디에도 없다는 듯이 오래 묵어온 마음을 "사랑과 두려움"이라고 명명한 것도 김종삼의 의식이 어떤 상태인가를 알려준다. 사랑이라는 긍정의 감정과 두려움이라는 부정의 감정이 그의 내면에 양립하고 있음을 암시한 것이다. 그의 다른 「라산스카」 시편이 그러하듯 여기서의 '라산스카'도 호명의 대상으로 배치될 뿐 뚜렷한 의미는 드러내지 않는다. 여기서는 현실적 굴욕과 대비된 자리에 놓인 고도로 정화된 순수성의 표상 정도로 이해하면 될 것이다.

## 작대기를 짚은 인간

세 번째로 발표한 「라산스카」는 『현대시』 4집(1963. 6.)과 『풀과 별』(1973. 7)에 발표되고, 시선집 『평화롭게』(1984)에 수록되었다. 『평화롭게』 수록본은 첫 발표작의 어수선한 구절이 정돈되면서 깔끔한 형태로 완성되었다. 개작의 과정을 함께 고려하면서 작품의 의미를 파악해 보겠다. 『평화롭게』에 수록된 정본을 인용한다.

집이라곤 비인 오두막 하나밖에 없는
草木의 나라

새로 낳은
한 줄기의 거미줄처럼
水邊의
라산스카

라산스카
인간되었던 모진 시련 모든 추함 다 겪고서
작대기를 짚고서.

_「라산스카」 전문

맨 마지막 구절 "작대기를 짚고서"는 첫 발표작에도 나오는

데, 이것은 세상의 굴욕을 거치며 병들고 헐벗은 상태가 된 인간의 처량한 모습을 상징한다. '작대기'라는 단어 하나로 인간의 처참함을 표현한 김종삼의 절묘한 시어 구사가 경탄스럽다. 인간은 늙거나 병들면 모두 작대기를 짚고 마지막을 향해 걸어가지 않던가. 인간의 최후의 모습이 작대기를 짚은 모습일 것이다.

그 앞의 시행인 "인간되었던 모진 시련 모든 추함 다 겪고서"도 훌륭한 개작의 사례가 된다. 『풀과 별』에는 "인간되었던 모든 추함을 겪고서"로 되어 있었는데 여기 "모진 시련"이 첨가되면서 적절한 변형이 이루어졌다. "모진 시련"이 들어감으로써 생에 대한 시인의 반응이 새롭게 각인된다. 인간은 모두 모진 시련을 겪으며 추락하고 결국 모든 추한 일을 다 겪으며 생의 종말로 다가가는 것이다. "모든 추함" 이전에 "모진 시련"을 설정한 것은 김종삼의 생에 대한 인식이 체험을 거치면서 더 구체화되었음을 알려준다.

첫 시행 "집이라곤 비인 오두막 하나밖에 없는"도 처음에는 "오두막"이 "주막집"으로 되어 있었다. '주막집'이라고 하면 술집이 먼저 떠오르지만 '오두막'은 인간의 평범한 생활공간을 떠오르게 한다. 빈 주막집 하나밖에 없다고 하면 그 외의 다른 곳에서는 인간의 삶이 어떤 방식으로든 영위될 수 있을 것 같다. 그러나 빈 오두막 하나밖에 없다는 말은 생활의 공간에서 유리된 고립감을 환기한다. 집이라곤 빈 오두막 하나밖에 없다고 했으니 이곳은 인간의 생활공간이 아니라는 뜻이다. 빈 주막집과 빈 오두막은 이처럼 큰 차이를 나타낸다. "草木의 나라"는 인간 부재의 상태와 긴밀하게 호응한다. 인간의 자취가 없이 풀과 나무만 자라고 있는 나라다.

인간의 기미가 없는 나라, 초목만이 사는 나라라면 그것은 순수의 세계다. 인간의 죄악과 참상에서 벗어난 정신적 순수성의 공간이다. 앞의 「G 마이나」에서 '물'이 생명의 상징이었듯 "水邊(수변)" 역시 맑고 시원한 생명의 공간이다. 그곳은 거미가 지금 막 쳐 놓은 신생의 거미줄, 맑은 이슬 드리운 신비의 공간이다. "라산스카"는 그 맑고 깨끗한 공간에 특유의 순수성과 신성성을 부여한다. 여기서 "라산스카"는 그녀의 높은 소프라노 가창의 청아한 음색을 상징하는 것 같다. 그녀는 새로 낳은 한 줄기의 거미줄처럼 신비롭고 정결한 수변의 청아함을 천상의 목소리로 환기한다. 정결한 고음의 소프라노 음색으로.

초목의 나라, 수변의 라산스카가 보여 주는 것은 청아한 순결성이다. 그러나 인간은 그 청아한 순결에 동화되지 못하고, 아니 오히려 그것을 배반하고 모진 시련과 모든 추함을 다 겪은 비참한 모습으로 한 귀퉁이에 서 있다. 막대기를 짚은 누추한 모습으로. 초목의 나라, 수변의 라산스카에는 전혀 어울리지 않는 존재가 인간이다. 손만 닿으면 과일이 썩어갔던 「원정」의 모티프가 여기 다시 나타난다.

## 연약한 인간의 슬픈 운명

삶과 인간에 대한 모멸감은 그의 초기 시 여기저기 흔하게 모습을 드러낸다. 『현대시』 2집(1962. 10.)에 발표하고 시집에는 수록하지 않은 「하루」라는 시가 있다.

사슴뿔 같은 나무들이 풍기는 햇볕이 차갑다.[7]
잠속에서 깨어난 하늬바람이 이는 풀밭이 넓다.

원근법을 깔고 간 저 石山이
오늘도 공연히 숭고하기만 하다.

오늘엔 또 누가
못 박히나.

_「하루」 전문

이 시는 좋은 경치를 보여 주는 것으로 시작한다. "사슴뿔 같은 나무들이 풍기는 햇볕", "잠속에서 깨어난 하늬바람이 이는 풀밭", 오늘도 숭고하게 보이는 "石山" 등 매우 긍정적인 장면을 제시한 다음 짧은 마지막 시행으로 이 안온함을 깨트리고 시가 끝난다. "오늘엔 또 누가/ 못 박히나"는 예수의 희생을 간접적으로 드러내면서 그러한 희생이 누구에게나 일어날 수 있음을 암시한다. 이렇게 평화롭고 숭엄한 날에도 누군가의 희생이 있을 수 있는 것이다. 아니, 평화롭고 숭엄한 날이기에 희생이 따르는 것인지도 모른다. 그렇다면 세상은 누군가의 희생으로 지탱될 수 있는 것인가? 인간은 자기를 희생할 수밖에 없는 존재인가? 고난과 희생이 인간이 거쳐야 할 숙명적 단계라면, 그러한 운명을 타고난 인간은 슬픔의 경로를 밟지 않을 수 없다. 존재자로서의 근원적 슬픔이 생의 조건이요 인간의 숙명이 되는 것이다.

첫 발표 지면을 알 수 없는 「여수(女囚)」(『누군가 나에게 물었다』 수록)는 존재자로서의 근원적 슬픔과 처음으로 조우한 어린 시절의 경험을 매우 상징적인 어법으로 구성한 김종삼의 명편이다. 어린 시절 별 생각 없이 마주쳤던 사건들이 시간이 지난 후 운명의 표정으로 인식되는 그런 기이한 회상의 순간이 있다. 「여수」는 그런 기묘한 경험을 신비롭고도 모호한 어법으로 표현한 특별한 작품이다.

다섯 살인가 되던 해
보모를 따라가고 있었다.

자혜병원이라는 앞문이
멀어 보이었다.
며칠 전에 자동차가 이 길을
어디론가 지나갔다 한다.

길이 꼬부라지는 담장 옆에
높다랗고 네모진 자동차가
서 있었다.
얼굴이 가려씌워진 팽가지들을 본 것은
그날이 아닌 것처럼 女囚라고 하였던
들은 말도 그 전이 아니면 그 후였다.

느린 박자 올갠이 빠 하였다
소학교 교정이 말끔하게 비어 있었다
길 끝으로 어린 아해가 어린 아해를
업고 가는 모습이었다.

보모가 간 집은 얕은 울타리
나무가 많은 벽돌집이었다
가늘고 오뚝한 창문이 낯설었다
해가 들지 않는 아뜨리에 같은 데서
두 여인이 만났다. 커다란 두 손과
두 손이 연거퍼 쥐어졌다
두부 파는 종이 땡가당거렸다

돌아올 때엔 작은 손에
커다란 배 한 알이 쥐어졌다.
맞이한 여인의 손이

커다란 손이었다.

_「여수」 전문

다섯 살 때라면 1925년경인데 그 시절의 보모는 남의 집에 기거하며 아이를 돌보는 여인으로 어려운 처지의 사람들이 주로 그 일을 했다. 그러니까 보모라는 역할 자체에 슬픔을 자아내게 하는 요소가 있다. 멀리 병원이 보이고 며칠 전 자동차가 이 길을 지나갔다는 것도 슬픔의 메시지로 전달된다. 누군가가 병들고 또 누군가가 그 병원에서 어딘가로 떠난다는 것은 그렇게 행복한 장면이 아니기 때문이다. "어디론가 지나갔다 한다"라는 인용형의 어투는 화자의 나이가 어리다는 사실을 나타내는 한편, 그렇기 때문에 슬픈 생의 메시지에 아직 익숙하지 않은 상태임을 암시한다. 그리고 또 한편으로는 슬픔이 그렇게 멀리서 모호하게 다가온다는 것도 암시한다.

다음에 나오는 "높다랗고 네모진 자동차"도 마찬가지다. "팽가지"는 죄수의 얼굴을 가린 '용수갓'을 이르는 것 같은데 어디서 온 말인지는 알 수 없다. 용수갓으로 얼굴을 가린 죄수들을 본 것으로 보아 이 차는 죄수 호송용 차일 것이다. 사방이 밀폐된 자동차의 모습이 어린 화자에게 낯선 거리감을 안겨 주었을 것이다. 길이 꼬부라지는 담장 옆에서 이상한 모양의 자동차와 용수를 쓴 모습을 보았고, '여수(女囚)'라는 말을 들었다고 했다. 그것도 모호하게 처리하여 "그 전이 아니면 그 후였다"라고 했다. 어린 날의 기억이라 분명치 않은 상태에서 낯설고 무언가 두려운 모습을 접했음을 나타낸 것이다.

느린 박자의 오르간이 울리는 깨끗한 초등학교 교정을 지나 어린아이가 어린아이를 업고 가는 재미있는 모습도 보면서 얼마를 더 갔다. 이렇게 평화로운 정경이 나오면 다음에 부정적인 장면이 배치되는 것이 김종삼 시의 전형적 구성법이다. 보모가 간 곳은 얕은 울타리에 나무가 많은 벽돌집으로 "가늘고 오뚝한 창문"이 낯설게 보이는 집이었다. "해가 들지 않는 아뜨리에 같은 데서" 두 여인이 만났다고 한다. 이 장면은, 앞의 '여수'라는 말 때문에 그런지, 유폐된 여인을 만난 것 같은 인상을 준다. 맞이한 여인이 커다란 배를 준 것으로 보아 죄수는 아닌 것 같은데, "가늘고 오뚝한 창문"과 '해가 들지 않는 어두운 공간'의 이미지가 그런 인상을 환기한다. 두 여인이 무척 반가워했음은 "두 손과 두 손이 연거푸 쥐어졌다"라는 구절에서 알 수 있다. "두부 파는 종이 땡가당거렸다"라는 시행은 이 반가운 해후의 종결을 알리는 신호음 같다. 죄수와의 면회로 말하면 마감시간을 알리는 소리일 것이다.

돌아올 때 화자의 작은 손에 커다란 배 한 알이 쥐어졌다고 했다. "작은 손"과 "커다란 배"가 대조를 이루며 화자의 순수성과 배를 준 여인의 넉넉한 마음이 대비적으로 부각된다. 커다란 배를 준, 손이 큰 여인은 왜 그곳에 있는 것일까? 맞이한 여인과 방문한 여인은 어떠한 관계에 있을까? 궁금한 점이 많은데 이 시는 그것에 대해서는 뚜렷한 정보를 제공하지 않는다. 어린아이의 기억에 남아 있는 몇 가지 영상을 통해 사실의 단면을 제시했을 뿐이다. 그 영상들은 모호하기는 하지만 매우 인상적이다.

이러한 영상을 통해 환기되는 이 시의 전체적인 화폭은 슬픔의 그림자를 드리운다. 남의 집에서 아이를 돌보는 보모, 어두운 공간에서 보모를 맞이한 여인, 용수갓을 쓴 여자 죄수들은 모두 어두운 그늘에 놓인 존재들이다. 어린 화자의 기억에 배치된 그들의 모습은 어딘지 모르게 쓸쓸하고 서글퍼 보인다. 그러한 사람들이 모여 사는 것이 인생이고, 그러한 삶의 경로에서 우리들도 벗어날 수 없으리라는 우울한 예감이 명확하지 않은 상태로 번져간다. 어쩌면 시인은 우리의 운명이 '여수'와 다를 바 없고, 그것이 우리 운명의 얼굴임을, 세상을 알지 못하던 어린 시절에 막연히 감지했다는 사실을 표현하려 했는지 모른다. 여기에는 '여수'의 처지로 살 수밖에 없는 인간 존재에 대한 연민도 담겨 있다.


## 고요한 슬픔

앞에서 되풀이해 말한 대로 그에게 이와 같은 생의 비극적 예감을 갖게 한 것은 전쟁 난민의 체험이다. 이것은 그의 내면에 죽음 의식을 싹트게 하여 삶에 정착하지 못하는 소외감과 유랑의식을 고착시켰다. 또 한편으로 그것은 생의 슬픔과 약자에 대한 연민을 드러나게 했다. 「여수」에서 보는 것처럼 그는 모호한 회상의 이미지 속에 자신이 인식한 독특한 생의 단면을 배치해 놓았다. 그 생의 단면은 실향과 전쟁과 피난과 방랑을 거친 독특한 체험의 산물이기 때문에 한국사의 수난기를 거쳐 온 한국인의 보편적 체험 및 사유와 연결된다. 그 사유는 생의 아이러니, 생의 모순에 대한 인식이다.

　이러한 사유를 잘 보여 주는 작품이 「술래잡기」다. 앞에서 내가 중학교 때 읽고 깊은 인상을 받았다고 한 그 작품이다. 심청이를 웃겨 보자고 시작한 놀이가 결과적으로는 심청이를 더 슬프게 하는 현실. 이것이 김종삼이 지각한 삶의 모습이다. 세상이 이런 판국이라면 누구를 위해서 무엇을 한다든가, 새로운 삶을 도모한다든가 하는 것도 다 부질없는 일이 된다. 어떻게 행동해도 인간은 슬픔과 외로움을 벗어날 수 없는 것이다. 인간이 그런 존재라는 것을 지각하는 것은 슬픔과 함께 연민을 불러일으킨다. 생의 슬픔과 연민은 특정한 생활의 국면에서 발견되는 것이 아니라 생 그 자체에서 환기된다. 가만히 머물러 있는 고요한 정경이 슬픔을 자아내는 것은 그 때문이다.

　　醫人이 없는 병원 뜰이 넓다.
　　사람들의 영혼과 같이 介在된 푸름이 한가하다.
　　비인 유모차 한 대가 놓여졌다.
　　말을 잘 할 줄 모르는 하느님의 것일까.
　　버리고 간 것일까.
　　어디메도 없는 戀人이 그립다.
　　창문이 열리어진 파아란 커튼들이

바람 한 점 없다.

오늘은 무슨 요일일까.

_「무슨 요일일까」 전문

이 시는 『현대문학』(1965. 8.)에 발표되고 『본적지』(1968)와 『십이음계』(1969)에 수록되었는데, 짧은 시형 때문인지 달라진 것은 거의 없다. 이 시에도 아무 소리 없는 고요하고 쓸쓸한 풍경이 전개된다. 절제된 이미지와 행간의 압축성은 깊은 잠 속으로 빠져드는 것 같은 아늑함을 전해 준다. 이 시에 설정된 텅 빈 부재의 공간은 아늑하고 한가롭다. 병원 뜰은 넓으며 푸른 수목이 한가롭다. 여기에는 사물의 움직임도 없으며 바람 한 점 불지 않는다. 텅 빈 공간에 있는 것이라고는 유모차 한 대뿐. 시간의 진행도 정지된 듯하다. 여기에 개입된 유일한 움직임은 '연인에 대한 그리움'이라는 감정의 흐름이다. 그러나 그것은 아무데도 없는 부재의 연인을 그리워하는 것이니 그리움 자체가 비현실적이고 환상적이다. 따라서 이 시에 배치된 모든 언어와 이미지는 정지와 침묵에 기여한다.

그런데 이 시가 왜 아늑하며 심지어 아름다움까지 느끼게 하는가? 그것은 바로 우리가 살고 있는 현실 때문이다. 현실은 충동과 소음으로 가득 차 있는데, 이 시의 풍경은 침묵과 정지로 이루어져 있으니 현실의 소동에 시달린 우리들에게 아늑한 느낌을 주는 것이다. 그러나 그 아늑함은 까닭 모를 슬픔을 한편에 지니고 있다. 그것은 "醫人이 없는 병원", "말을 잘 할 줄 모르는 하느님" 등의 시구에서 환기된다. 의인, 즉 의사나 간호사가 없는 병원이라면 그것은 기능이 정지된 병원이다. 아무리 넓고 한가해도 그곳은 공백의 공간이다. 침묵을 지키는 하느님 역시 마찬가지다. "어디메도 없는 연인"이나 마찬가지로 대상의 실재성이 결여된 형태다. 그래서 아늑하고 일면 아름답기도 한 이 정경이 슬픔을 자아낸다.

아뜨리에서 흘러나오던
루드비히의
奏鳴曲
素描의 寶石길

한가하였던 娼家의 한낮
옹기장수가 불던
單調

_「아뜨리에 환상」 전문

『문학춘추』(1964. 12.)에 「화실(畫室) 환상(幻想)」으로 발표되고 『십이음계』와 『시인학교』에 위의 제목으로 수록되었다. 『십이음계』에 수록되면서 중요한 어구가 교체되었다. "방가로 한 모퉁이에서"가 "아뜨리에서"로 줄어들었고, "素描의 舖石길"이 "素描의 寶石길"로 바뀌었다. 돌을 깔아놓은 길이 보석이 깔린 길로 미화된 것이다. 두 번째 시집 『시인학교』에 수록되면서 "루

드비히의"가 "루드비히반의"로 오식이 일어났다.[8]

"루드비히"는 루드비히 반 베토벤을 말하고 "奏鳴曲(주명곡)" 은 소나타라는 뜻이다. 화실에서 흘러나오는 베토벤의 소나타 곡은 아름답기는 하지만 한 악기만으로 연주되는 것이니 화려 하지는 않을 것이다. 그것은 둘째 연에 나오는 "單調(단조)"와 호응한다. 이 음악의 선율을 "素描의 寶石길"로 비유했다. '소 묘'는 가벼운 터치의 스케치 작품을 뜻한다. 앞의 「라산스카」 (『자유문학』, 1961. 12.)에 "루-부시안느의 개인 길바닥"이 나왔는 데, 루브시엔 같은 아름다운 길을 특징을 살려 스케치한 작품이 있다면 그것을 '소묘의 보석 길'이라고 부를 만하다. 음악과 회 화에 관심이 컸던 시인의 취향을 드러내는 구절이다.

다음에 나오는 "한가하였던 娼家의 한낮"과 "옹기장수가 불 던 單調"는 김종삼의 다른 시에도 등장하는 구절이다. 「화실 환 상」보다 먼저 『현대시』 5집(1963. 12.)에 발표된 「단모음(短母 音)」에는 「아뜨리에 환상」과 유사한 "어느 화실의 한 구석처럼" 이라는 구절과 "어제 밤엔 팔리지 않은 한 娼婦의 다문 입처럼", "누가 배우노라고 부는 트럼펫"이라는 구절이 나온다. 연습을 위해 부는 트럼펫 소리는 "옹기장수가 불던 單調"의 이미지와 유사하다. 이 구절은 「라산스카」에 나오는 "루-부시안느의 개인 길바닥./ 한 노인이 부는 서투른/ 목관 소리가 멎던 날"과도 유 사하다. 「단모음」은 십년의 세월이 흘러 약간의 시어만 바뀐 상 태로『시문학』(1973. 7.)에 「트럼펫」이란 제목으로 다시 발표된 다. 단조로운 가락이 환기하는 우수의 분위기를 그는 오래도록 잊지 않고 간직해 온 것이다.

아침나절부터 누가
배우느라고 부는
트럼펫.

루부시안느의 골목길
조금도 진행됨이 없는
어느 畵室의 한 구석처럼
어제 밤엔 팔리지 않은 아름다운 한
娼女의 다문 입처럼
오늘도 아침나절부터 누가
배우느라고 부는
트럼펫.

_「트럼펫」 전문

「단모음」과 달라진 점 중 중요한 것은 "어제 밤엔 팔리지 않
은 한 娼婦의 다문 입처럼"이 "어제 밤엔 팔리지 않은 아름다운
한 娼女의 다문 입처럼"으로 바뀌어 "아름다운"이란 말이 첨가
된 점이다. 몸을 팔려고 나왔으나 팔리지 않았으니 애처로운데
거기 '아름다운'이라는 수식어를 설정하여 처연함의 수위를 높
였다. 이것이 「아뜨리에 환상」에는 "한가하였던 娼家의 한낮"
으로 압축적으로 표현되었고, 서투른 트럼펫 곡조는 '옹기장수

의 단조'로 표현된 것이다. 옹기장수의 단조는 민요 가락 아니
면 피리 가락일 것이다. 이 시들은 모두 고요한 정경이 자아내
는 미묘한 슬픔을 표현한 공통점이 있다. 그리고 그 공통점은
위의 「무슨 요일일까」의 분위기와 통한다.


## 가난과 환멸

고요한 우수의 음향은 생활의 국면과 만나면서 변주를 보
인다. 다음 시는 그러한 변주의 초기 화음을 들려준다.

산마루에서 한참 내려다보이는
초가집
몇 채

하늘이 너무 멀다.

얇은 소릴 내이는
초가집
몇 채
가는 연기들이

지난 일들은 삶을 치르노라고

죽고 사는 일들이
지금은 죽은 듯이
잊혀졌다는 듯이
얇은 소릴 내이는
초가집
몇 채
가는 연기들이

_「소리」 전문

이 시는 『52인 시집』(1967)과 『십이음계』(1969)에 수록되었
다. 화자는 초가집 몇 채가 멀리 내려다보이는 산마루에 있다.
그냥 초가집이라고 하지 않고 몇 채라고 한 것도 의미 있다. 가
난한 살림의 집들이 모여 있는 모습을 보여주고자 한 것이다.
"하늘이 너무 멀다"라는 구절은 「무슨 요일일까」에 나온 "말을
잘 할 줄 모르는 하느님"이라는 구절과 통한다. 그것은 구원
의 길이 멀다는 느낌을 준다. 초가집에서 가는 연기들이 피어
나는데 거기 "얇은 소릴 내이는"이라는 시행이 개입했다. 이 '얇
은 소리'의 의미는 무엇일까? 앞의 시처럼 악기의 소리는 아닐
것이다. 그것은 실제로 들리는 소리가 아니라 "가는 연기"에서
연상된 가난한 생활의 단면을 소리로 비유한 것이다. 작고 가난
하고 얇은 생활의 수위를 이미지로 제시한 것이다.

그 다음 연은 구조가 독특하다. 「북치는 소년」처럼 수식의
관계가 불분명하다. '가는 연기'에서 연상된 '얇은 소리'의 내용

을 모호한 어법으로 표현했다. 나뉜 시행을 합해서 산문 형식으로 정리하면 이런 문장이 될 것이다. "삶의 과정을 치르느라고 죽고 살고 했던 지난 일들이 지금은 죽은 듯이 잊혔다는 듯 얇은 소리를 낸다." 말하자면 힘든 시련의 과정을 겪으며 보낸 과거의 일들이 지금은 다 망각으로 묻혔다는 속삭임 같은 것이 들렸다는 뜻이다. 그 소리를 화자는 초가집에서 피어나는 가는 연기에서 상상한 것이다.

'가는 연기'와 '얇은 소리'로 가난의 형상을 제시한 것인데, 전쟁으로 피난을 겪은 이주민이기에 가난은 그에게 생활의 친숙한 일부였다. 그래서 가난은 일찍부터 그의 시에 소재로 등장하여 독특한 색채를 부여했다.


결정짓기 어려웠던 구멍가게 하나를 내어 놓았다.


"한 푼어치도 팔리지 않았음은 물론이고"


오늘도 지나간 것은 분명 차 한 대밖에 ──


그새
키 작고 현격한 간격의 바위들과
도토리나무들이
어두움을 타 들어앉고
꺼먼 시공뿐.

선회되었던 차례의 아침이 설레이다.

— 드빗시 산장 부근

_「드빗시 산장」 전문

『사상계』(1959. 2.)에 「드빗시 산장 부근」으로 처음 발표되고 『한국문학전집 35』, 『52인 시집』을 거쳐 『십이음계』에 「드빗시 산장」으로 개제되어 수록되었다. 김종삼이 애호하던 프랑스 작곡가 클로드 드뷔시의 이름을 딴 산장을 제목으로 삼았으나 드뷔시의 음악과는 관련이 없다. 김종삼은 드뷔시를 애호했듯 이시도 좋아했다. 이 시에 애착을 느낀 것은 가난을 말하면서도 생략의 어법을 사용하여 드뷔시의 피아노 곡 같은 격조를 유지했기 때문일 것이다.

시의 내용은 어렵지 않다. 오랫동안 고민하여 구멍가게 하나를 냈는데 손님이 없어 한 푼어치도 팔리지 않았다. 장사가 안되어 생활에 어려움을 겪는 모습을 바위와 도토리나무의 형상으로 표현했다. "키 작고 현격한 간격의 바위"라고 했으니 그것은 작은 바위들이 띄엄띄엄 배치된 모습이다. 거기에 껑충한 높이의 도토리나무가 들어섰으니 보기에 별로 좋지 않은 모양이다. 그런 흉한 정경이 어둠을 타고 들어앉아 "꺼먼 시공"만 펼쳐 보이니 생활은 더욱 암울할 뿐이다.

"선회되었던 차례의 아침"이란 어지럽게 돌던 아침이 이제 시작할 차례가 되었다는 뜻이다. 그러니까 아침은 청명한 출발의

김종삼의 시를 찾아서

이미지가 아니라 오히려 어지러움을 일으키는 혼란의 단초에 해당한다. "설레이다"라는 말도 마음이 들떠서 두근거리는 것이 아니라 '선회되는' 어지러움 때문에 안정을 얻지 못해 흔들리는 상태를 나타낸다. 이처럼 하루의 시작이 부정적이니 앞으로 살아갈 날도 막막할 따름이다. "드빗시 산장 부근"이라는 마지막 시행은 드뷔시의 음악 같은 아름다움의 상태로 가는 길은 요원하다는 뜻을 담은 것이 아닐까?

『한국전후문제시집』(1961)에 수록된 「이 짧은 이야기」는 십여 년이 지난 후 약간의 어구만 수정된 상태로 「평범한 이야기」라는 제목으로 『신동아』(1977. 2.)에 다시 발표되었다. 개인 시집에 수록되지 않았기 때문에 『신동아』에 발표된 작품을 인용한다.

한 걸음이라도 흠 잡히지 않으려고 생존하여 갔다

몇 걸음이라도 어느 성현이 이끌어 주는 고된 삶의 쇠사슬처럼 생존되어 갔다

세상 욕심이라곤 없는 불치의 환자처럼 생존하여 갔다

환멸의 습지에서 가끔 헤어나게 되면은 남다른 햇볕과 푸름이 자라고 있으므로 서글펐다

서글퍼서 자리 잡으려는 샘터 손을 담그면 어질게 반영되는 것
들 그 주변으론 색다른 영원이 벌어지고 있었다

_「평범한 이야기」 전문

"한 걸음이라도 흠 잡히지 않으려고 생존하여 갔다"라는 말은
조금이라도 흠이 잡히면 생존에 지장이 있다는 뜻을 내포한다.
정신을 바싹 차리고 흠 잡히지 않으려고 노력해야 생존할 수 있
다는 뜻이 담겨 있다. 그러한 생존은 "고된 삶의 쇠사슬"에 묶인
것과 다름이 없는데, 그런 가운데 "몇 걸음이라도" 옮기기 위해
서는 "어느 성현"의 인도가 필요하다는 것이다. 모든 것을 포기
한 "불치의 환자"처럼 세상의 욕심은 버리고 생존만을 지켜갔다
고 했다. 생은 "환멸의 습지"인데 어쩌다 거기서 벗어나서 "남다
른 햇볕과 푸름"을 대하게 되면 오히려 "서글펐다"고 했다. 환멸
과 고통이 친숙하고 희망과 평화는 오히려 낯설고 서글프게 느
껴진다는 뜻이다.

마지막 연은 서글픔에서 벗어난 맑은 샘터를 보여주는 듯하
지만, "어질게 반영되는" 샘터 주변에 "색다른 영원이 벌어지고"
있다고 했으니 그 샘터 역시 우리를 위안하는 공간이 아니라 우
리와는 다른 이질적인 세계에 속한다. 인간은 세계와 끝내 화합
할 수 없는 것이다. 이러한 인식을 담은 시를 「이 짧은 이야기」
라고 했다가 나중에는 「평범한 이야기」라고 했다. 인간의 고통
과 불행은 지극히 평범한 실존의 조건이라는 뜻이다.

생의 슬픔과 연민이 가난 때문에 일어나고 가난이 전쟁의 후

유증이라는 사실은 다음 시에서도 암시된다. 이 시는 『현대시』 6집(1964. 11.)에 「오빠 슈샤인」이란 제목으로 발표되고, 『한국시선』(일조각, 1968)에 일부 수정되어 「동시(童詩)」라는 제목으로 수록되었으며, 개인 시집에는 수록되지 않았다.

오빠 슈샤인
난 껌장수
난 방송국 어린이 시간에 나갑니다.
시간 맞추어 나갑니다.
꿰맨 옷도 자주 빨아 입고 나갑니다.
크리스마스
선물 주는 이가 없어도
서운해선 안 돼요.
언제나 안 돼요.
슬퍼해선 안 돼요.
…… 모두 안 되는 것뿐입니다.
난 껌장수
오빠 슈샤인

_「동시」 전문

6·25 이후 많은 어린이들이 거리의 행상으로 나섰다. 부모를 잃은 아이들은 더욱 적극적으로 행상을 했다. 사내아이들은 거리에서 구두를 닦아 돈을 벌었다. 1952년 부산 피난 시절 손목

인 작곡, 이서구 작사, 박단마 노래의 「슈샤인 보이」라는 유행가가 크게 인기를 얻었다. 전후의 상황을 반영한 유행가의 히트였다.

이 시의 화자는 거리에서 껌을 파는 소녀다. 오빠는 구두를 닦는다고 했다. 부모의 이야기는 없다. 화자가 방송국 어린이 시간에 나간다는 것은 출연하러 가는 것이 아니라 방송국에 오는 어린이들에게 껌을 팔러 가는 것이다. 여기에는 방송국 합창단에 출연하는 어린이와 껌을 파는 화자 사이의 빈부의 격차가 가로놓여 있다. 합창단 아이들은 좋은 옷을 입었고, 화자는 꿰맨 옷을 입었다. 꿰맨 옷을 빨아 입고 간다는 것은 깨끗해야 껌이 더 잘 팔린다는 것을 알기 때문이다. 다른 아이들은 크리스마스에 선물을 받는데 내게는 선물 주는 사람이 없다. 그래도 서운해 하지 않고 슬퍼하지 않는다고 했다. 내게는 부정과 절제가 생활의 기율이고 어떻게든 생존하는 것이 삶의 목표이기 때문이다.

당시 방송국에 근무하던 김종삼은 이런 장면을 목격했을 것이다. 가난한 아이의 본능적인 안간힘에 연민을 느꼈을 것이다. 가난한 행상 아이의 고단한 삶을 드러내면서도 경쾌한 리듬을 살린 것은 절제의 기품을 중시하는 김종삼 시법의 뛰어난 성취다. "오빠 슈샤인/ 난 껌장수"로 시작해서 "난 껌장수/ 오빠 슈샤인"으로 끝나는 운율의 호응이 매우 인상적이다. 이러한 운율의 효율적 구성을 통해 생의 연민을 격조 있게 표현하는 독특한 개성은 그만의 독자적인 것이었다.

그러나 김종삼은 가난의 생활상이 전면에 노출되었다는 점 때문에 이 시가 마음에 들지 않았던 것 같다. 그보다는 암시적인 거리 유지의 방법을 구사한 「드빗시 산장」이 마음에 들었을 것이다. 그래서 앞의 두 편은 시집에 넣지 않고 「드빗시 산장」은 두 번이나 수록하면서 그의 마음에 드는 작품 중 하나라고 밝히기까지 했다. 이후에도 그의 시에서 가난은 배면의 그림자처럼 희미한 윤곽만 비출 뿐이다. 그럼에도 불구하고 가난은 삶의 슬픔과 연민을 표현하는 유력한 기제로 그의 시에 끝까지 등장한다.


## 독특한 빛깔의 연민

『십이음계』에 실려 있는 작품들이 가난의 정황을 많이 드러내는 것은 1950년대에서 60년대에 이르는 시대적 분위기가 반영된 결과일 것이다. 「평화」에는 고아원에 사는 아이들이 나오고, 「스와니강이랑 요단강이랑」에는 초가집에 사는 어린 소년이 나온다. 우리가 잘 아는 「북 치는 소년」에도 "가난한 아희"가 등장하고, 「왕십리」의 화자는 "삼 칸 초옥 한 칸 방"에 묵고 있다. 가난은 가난이되 독특한 빛깔의 연민을 내포하고 있는 「묵화(墨畫)」와 「북 치는 소년」은 따로 특별히 검토할 만하다.

물 먹는 소 목덜미에

할머니 손이 얹혀졌다.

이 하루도

함께 지났다고,

서로 발잔등이 부었다고,

서로 적막하다고,

_「묵화」 전문<sup>9</sup>

이 작품에는 가난이라는 말은 나오지 않는다. 그러나 '소'와 '할머니'는 둘 다 세상을 힘들게 살아가는 존재들이기에 가난한 존재라고 할 수 있다. 평생 노역에 시달리는 소, 죽음을 향해 생의 끝판으로 몰려가는 할머니. 이 둘은 동병상련의 처지에 있다. 그들은 둘 다 세상에서 소외된 약한 존재들이다. "발잔등이 부었다"는 말은 「평범한 이야기」에 나온 "고된 삶의 쇠사슬", 「드빗시 산장」에 나온 "현격한 간격의 바위들"을 연상시킨다. 세상을 사는 것이 힘들고 괴롭다는 뜻이다. 세상에 시달린 두 존재가 서로 위안을 나누는 것은 슬프면서도 아름답다. 이것은 앞의 「동시」에서 "오빠 슈샤인/ 난 껌장수"라고 오빠와 나의 관계를 공존의 연대감으로 표현한 것과 같은 맥락이다.

그러면서도 이 시는 시인의 태도를 직접 드러내지 않고 정경의 외관만으로 연민의 정서를 환기했다는 점에서 고상한 시적 품격을 갖추고 있다. 짧은 형태지만 앞에서 언급한 리듬의 효과도 충분히 발휘된다. 3행부터 6행까지 이어지는 '오' 음의 종결은 이 간결한 시에 풍성한 음률의 흡인력을 갖게 한다.

아무런 사전 언술 없이 "물 먹는 소 목덜미에/ 할머니 손이 얹혀졌다"를 전면에 배치한 것도 독특한 기법이다. 소가 물을 먹을 때는 노동을 끝낸 다음이다. '목덜미'는 동물을 어루만져 주기에 적합한 부위다. 목덜미를 어루만졌다고 하지 않고 "손이 얹혀졌다"라고 쓴 것도 절묘하다. 동정의 마음은 깊으나 그것을 내색하지 않는 할머니의 거동에 어울리는 묘사다. 하나의 온전한 문장으로 소를 대하는 할머니의 태도를 언급한 다음 세 줄의 시행으로 두 존재의 동질감을 나열했다. "손이 얹혀졌다" 다음에는 굳은 마침표가 찍혔지만, 세 줄의 나열에는 대등한 연속을 나타내는 쉼표가 찍혔다. 쉼표는 그 다음에 무언가가 다시 나열될 수 있음을 시각적으로 암시한다. 그 앞의 "이 하루도"라는 말은 이러한 대등의 연대감이 오래 지속되어 왔고 앞으로도 오래 지속될 것이라는 사실을 드러낸다.

소와 할머니는 늘 함께 지내며, 서로 힘들게 일하며, 둘 다 외롭고 약한 존재다. 몇 가지 요소가 덧붙을 수도 있는 이러한 관계는 어제 오늘로 끝날 것이 아니라 생이 다하는 날까지 지속된다. 「묵화」라는 제목은 이 시의 금상첨화요 화룡점정이다. 숨 죽이고 바라보아야 할 침묵의 한 컷에 '묵화'보다 좋은 제목이 어디 있겠는가? 김종삼의 고심 담긴 직관에 찬사를 보낼 뿐이다. 이 시는 생에 대한 연민이 긍정적인 평화의 시선으로 전환될 수 있는 단서를 내장하고 있다.


내용 없는 아름다움처럼

가난한 아희에게 온
서양 나라에서 온
아름다운 크리스마스 카드처럼

어린 羊들의 등성이에 반짝이는
진눈깨비처럼

_「북 치는 소년」 전문

이 시는 수식어만으로 각 시행이 구성되어 있다. 앞의 「묵화」
에서 네 행을 '오'로 끝나게 배치하여 내재적 연대감을 갖게 한
것과 유사한 기법이다. 「묵화」는 제목의 뜻을 금방 알겠는데
「북 치는 소년」은 시의 내용을 보아도 뜻이 쉽게 떠오르지 않는
다. '북 치는 소년'이 '가난한 아이'라는 뜻인지, '북 치는 소년'의
동작과 음향이 이 시의 영상을 떠올리게 한다는 뜻인지 알 수
없다. 아니면 크리스마스 캐럴로 불리는 "The Little Drummer
Boy"의 가사와 곡조에서 암시를 얻어 시로 표현한 것 같기도
하다. "The Little Drummer Boy"에 "가난한 아이(poor boy)"라
는 가사가 나오고, 시에도 "아름다운 크리스마스 카드"가 나오
는 것으로 볼 때 캐럴과의 관련성이 설득력을 얻는다. 구스타프
말러의 마지막 가곡 「북 치는 소년」과의 연관성도 고려할 수
있으나 가곡의 분위기가 이 시와는 이질적이기 때문에 캐럴
"The Little Drummer Boy"와의 관련성이 더 신뢰도가 높다.
첫 시행에 나오는 "내용 없는 아름다움"이란 말은 다음에 이

어지는 이미지의 내포를 집약하는 말이다. 우리가 어떤 것을 아름답다고 해서 그 대상의 내용이 바로 규정되는 것은 아니다. 세상의 아름다움은 내용이 고정된 것이 아니고, 어떤 것이 아름답다고 규정하는 것도 사실은 불가능한 일이다. 이것은 칸트가 말한 '비목적의 목적성', '무관계성'과 통하는 맥락이다. 칸트는 아름다움은 세상의 이해관계와 무관한 것이며 어떠한 목적성도 갖지 않으면서 윤리적 목적에 부합하는 특징을 지닌다고 했다. 김종삼의 "내용 없는 아름다움"이란 말은 물론 이런 철학적 배경에서 도출된 명제가 아니다. 그것은 김종삼의 직관적 예지에서 창조된 희귀한 발화다. 그러면서도 그것은 세상의 철학적 담론을 포괄하는 함축성을 갖는다.

두 번째 연은 첫 시행의 돌출적 발언을 이해할 수 있는 단서를 제공한다. 가난한 아이에게 먼 서양 나라에서 아름다운 카드가 왔다면 그것이 그 아이에게 무슨 의미가 있을까? 선물이라면 생활에 도움이 되겠지만, 낯선 나라의 크리스마스카드라니. 그러나 가난한 아이라 해도 예쁜 크리스마스카드를 보고 아름다움을 느끼지 못하는 것은 아니다. 아름다움은 느끼지만 아름다움의 내용은 알지 못한다. 사실 아름다움은 내용이 없기 때문에 모든 사람들에게 동일한 쾌감을 준다. 칸트 식으로 말하면 '무관계성'과 '비목적성' 때문에 만인에게 공감을 주는 것이다. 이것이 미의 본질이다.

다음 연은 김종삼이 애용하는 긍정과 부정의 엇갈림 기법을 활용하여 아름다움의 적층과 생의 연민을 표현했다. 이 장면은 카드에 인쇄된 그림을 묘사한 것일 수 있다. 그러나 그보다 중요한 것은 이 영상이 아름다움 속에 슬픔을 내포하고 있다는 점이다. "어린 羊들의 등성이에 반짝이는 진눈깨비"는 표면적으로는 아름다우나, 그 내면을 살펴보면 아름답지만은 않다. '진눈깨비'는 비가 섞여 내리는 눈으로 추위를 몰고 오는 현상이기 때문이다.

어째서 김종삼은 '반짝이는 눈송이'라고 하지 않고 '반짝이는 진눈깨비'라고 했을까? 여기에 그의 선험적 허무의식, 생에 대한 비애와 연민이 담겨 있다. 아이가 평생 벗어나지 못할 가난의 그림자가 아름다운 정경의 이면에 아른거린 것이다. 하느님도 어떻게 하지 못할, 아름다움의 슬픈 배면이. 이 세상 아름다움은 누구에게나 기쁨을 안겨 주는데, 그 아름다움은 결코 오래가지 않는다. 그리고 아름다움은 세상의 이해와 무관한 것이기에 가난한 아이에게 먹을 것이나 입을 것을 제공하지 못한다. 이러한 아름다움의 본질을 김종삼은 "어린 羊들의 등성이에 반짝이는 진눈깨비"로 표현한 것이다. 이 시구 한 구절의 창조만으로도 그는 한국 시사의 독창적 예술가 자리에 충분히 오를 수 있다. 이것은 전쟁 난민 김종삼이 그 특유의 예술적 직관력으로 창조해 낸 희귀한 명구다.


## 동병상련의 시선


이제 우리는 김종삼 시의 가난과 연민과 평화에 대해, 그리고

삶의 기쁨에 대해 함께 이야기할 자리로 이동할 준비를 해야 한
다. 그 길목에 놓인 다음 작품을 음미해 보자.

> 김소월 詞兄
> 생각나는 곳은
> 미개발 왕십리
> 난초 두어서넛 풍기던
> 삼 칸 초옥 하숙에다
> 해 질 무렵
> 탁배기 집이외다
> 또는 홍정은 드물었으나
> 손때가 묻어
> 정다웠던 대들보가 있던
> 잡화상 집이외다
>
> _「장편」 전문

이 시는 『심상』(1976. 5.)에 발표되고 개인 시집에 수록되지
않았는데, 『김종삼 전집』(나남출판, 2005)에 이상한 형태로 수록
되어 있어서 전문 인용했다. 이 시에는 다른 시의 여러 구절이
상호 관계를 이루고 있다. 「왕십리」에 나왔던 "삼 칸 초옥 한
칸 방"의 변형이 보이고, 「드빗시 산장」에 나왔던 "한 푼어치도
팔리지 않았음은 물론이고"의 변형으로 "홍정은 드물었으나"라
는 구절이 눈에 띈다. 김소월을 친근하게 '사형(詞兄)'이라고 부

르는 점이 인상적인데 김소월은 「왕십리」 이후 자주 등장하는 이름이 되었다.

'왕십리'라는 지명에서 김소월이 떠오른 것은 그 선배 시인이 왕십리에 잠시 거주하며 「왕십리」라는 시를 썼기 때문이다. 마치 우리의 시인 김소월도 왕십리에서 가난한 삶을 살았다는 듯 미개발 지역이 많은 변두리 왕십리의 생활상을 소개하며 김소월을 '사형'이라고 친근하게 부른다. 가난의 동병상련이 김소월과 김종삼을 연결해 준 것이다.

왕십리 하면 떠오르는 것이 삼 칸 초옥 하숙방에 기거하던 때 해 질 무렵이면 들르던 막걸리 집이요, 손님이 거의 없던 잡화상 집이라고 했다. 가난의 손때가 묻은 풍경을 떠올리며 가난하던 시절에 대한 정겨움을 드러냈다. "난초 두어서넛"은 빈한한 하숙집과 어울리지 않는 대비적 역할을 한다. 지붕을 떠받치는 대들보에 손때가 묻었으니 그 잡화상이 얼마나 납작한 집인지 짐작할 수 있다. "집이외다"로 끝나는 구어체의 마무리는 가난해도 이만 하면 살 만하지 않느냐는 마음의 여유를 드러내는 것 같다. 가난의 친근성을 정답게 표현한 소품인데, 그 기저에는 이렇게 가난하게 살아가는 사람들에 대한 동병상련의 애정이 개재해 있다.

가난과 관련된 생의 연민은 1970년대 중반 이후 그의 시의 관습적 주제를 이룬다. 가령 「산」(『시문학』, 1975. 4.)에 나오는 "오십 평생 단칸 셋방뿐이다"라는 진술, 「장편」(『심상』, 1977. 1.)에 나오는 가난한 여자 친구에 대한 아쉬움, 「추모합니다」(『심상』, 1979. 6.)에 나오는 작곡가 윤용하의 가난한 삶에 대한 연민, 「장편」(『문학과 지성』, 1980년 여름호)에 나오는 소설가 방인근의 가난한 노년에 대한 연민, 같은 지면에 실린 「맙소사」의 "무허가 집들이 밀집된 산동네 산8번지 일대"의 가난한 군상들에 대한 관심, 「연주회」(『월간문학』, 1981. 1.), 「실기(實記)」(『세계의 문학』, 1981년 여름호) 등에 제시된 가난한 음악가에 대한 연민 등이 그것이다. 이 중 가난에 대한 연민을 인정의 문제와 관련지어 가장 심도 있게 표현한 작품은 다음 작품이다.

두 소녀가 가지런히
쇼 윈도우 안에 든 여자용
손목시계들을 들여다보고 있었다.
하나같이 얼굴이 동그랗고
하나같이 키가 작다
먼발치에서 돌아다보았을 때에도
조금도 움직이지 않고 들여다보고 있었다
쇼 윈도우 안을 정답게 들여다보던
두 소녀의 가난한 모습이
며칠째 심심할 때면
떠오른다
하나같이 동그랗고
하나같이 작은.

_「소공동 지하상가」 전문[10]

지금도 시청역 지하에 소공동 지하상가가 있지만 이 시를 쓸 때의 모습과는 많이 달라졌다. 이 당시에는 소공동 지하상가가 장안의 고급 물품을 파는 번화한 상가였다. 그 상가의 한 상점 앞에 두 소녀가 서서 쇼윈도 안을 들여다보고 있다. 여자용 손목시계를 본다고 했다. 정확한 관찰일까? 종로와 명동과 남산과 서울역을 걷는 김종삼의 걷기 코스에 소공동 지하상가가 낀 것은 이해할 수 있는데, 여자용 손목시계를 들여다본 것은 시인의 추측일 수 있다. 소녀이니 여자용 손목시계를 들여다본다고 생각했을 것이다.

그 소녀들은 키가 작고 얼굴이 동그랗다. 이것은 정확한 관찰일 것이다. 왜 얼굴이 동그랗다고 했을까? 그 소녀들이 어리고 천진해 보였기 때문이다. 아직 세상 물정을 모르는 천진함을 시인은 동그랗다고 표현한 것이다. 한참 걸어오다가 뒤돌아보았을 때에도 두 소녀는 "조금도 움직이지 않고 들여다보고 있었다"고 했다. 그 소녀들은 자신들이 소유할 수 없는 물건을 왜 그렇게 오랫동안 들여다보고 있었을까? 시인은 두 소녀의 모습이 며칠째 계속 떠오른다고 했다. 왜 시인은 두 소녀의 모습이 잊히지 않은 것일까?

시인은 "두 소녀의 가난한 모습"이라고 했는데, 동그랗고 작다고 해서 가난하다고 볼 이유는 없다. 시인은 두 소녀가 가질 수 없는 것을 오래 들여다보고 있기에 가난하다고 생각했을 것이다. 그러니까 여기서의 '가난'은 소유할 수 없는 것을 소유하고 싶어 하는 마음의 결핍감을 표현하는 말이다. 그들은 시계가

김종삼의 시를 찾아서

예쁘기 때문에 무작정 오랫동안 들여다본 것이다. 그것은 소유할 수 없는 대상이기에 더욱 아름답게 보였다. 쉽게 소유할 수 있는 것은 아름답지 않다. 소유할 수 없는 것이 아름다운 법이다. 이것은 미의 본질이자 생의 본질이기도 하다. 생이란 자신이 진정으로 원하는 것은 끝내 허락하지 않는다. 생의 보석은 도취의 눈으로 들여다볼 뿐 소유할 수 없다. 이것이 생의 아이러니다.

두 소녀의 영상이 오래도록 지워지지 않은 것은 바로 그것이 생의 속성을 여실히 드러내는 상징이었기 때문이다. 어쩌면 김종삼도 이러한 사정을 명확히 인식하지 못하고 가난한 두 소녀가 고급 시계를 들여다보고 있는 점이 마음에 지워지지 않아 이 작품을 썼을 것이다. 그 장면이 지워지지 않은 것은 그것이 생의 아이러니를 담은 상징이기 때문이다. 예술가는 자신이 제대로 인식하지 못한 상태에서 생에 대한 희귀한 통찰을 작품에 담아 넣을 수가 있다. 이것이 칸트가 말한 미의 '비목적성', '무관계성'과 관련된 것이기도 하다. 김종삼은 가난에 대한 연민의 마음을 통해 생의 본질을 포착한 셈이다.

그러면 김종삼이 이러한 생의 본질을 두 소녀를 통해 포착할 수 있었던 이유는 어디에 있는가? 그것은 김종삼 자신이 두 소녀처럼 생의 현장에서 소외된 외로운 약자였기 때문이다. 두 소녀가 명품 시계의 소유에서 배제된 존재이듯 김종삼도 찬란한 삶의 국면에서 소외된 존재인 것이다. 외롭고 약한 존재이기에 그의 시야에 그렇게 외롭고 약한 존재가 포착된 것이다. 그 소녀들이 그의 분신이었기에 두 소녀의 모습이 오래도록 지워지지 않은 것이다. 이것은 앞의 「묵화」에서 소와 할머니라는 소외된 약자를 동병상련의 시선으로 바라본 것과 같은 맥락이다.

# 6 종교적 경건성과 음악의 아름다움

## 영원한 아름다움

김종삼의 시에 전쟁 난민의 상처와 죽음의 그림자만 있고 생의 연민과 슬픔이 없었다면 독자들이 그의 시를 그렇게 애호하지 않았을 것이다. 그의 시에 생의 연민과 슬픔까지만 있고 그다음 국면이 없었다면 그를 문학사에 남을 훌륭한 시인으로 내세우지 않았을 것이다. 그러나 그는 연민과 슬픔의 차원을 넘어서서 평화에 대한 믿음과 그것을 근거로 한 인간 긍정의 시선을 시에 담아 표현했다. 시의 위상으로 보면 이러한 긍정의 시편이 더 크고 높은 자리를 차지한다.

그는 평생 소외된 약자였고 삶의 어둠에 시달린 사람이었다. 생의 가혹한 시련에 시달리면서도 약하고 외로운 존재를 연민의 눈길로 바라보며 그들에게서 사랑과 진실을 발견함으로써 현실의 고통이 극복될 수 있다는 믿음을 시로 표현했다. 이런 점에서 그의 내면은 파멸과 부활이 교차하는 아이러니의 공간이라고 할 수 있다. 그 이중적 부딪침 속에서 우리의 마음을 울리는 시가 창조된 것은 그의 표현대로 기적이고 축복이다. 아름다움과 평화로움에 대한 그의 믿음은 고통 속에서 솟아오른 것이기에 온화하면서도 지속적이다. 그의 시의 진정한 가치는 여기서 발현된다.

앞에서 김종삼의 생애를 고찰할 때 그의 집안이 할아버지 때부터 기독교를 믿었고 자신도 어릴 때 세례를 받고 교회에 나갔지만, 어른이 되어서는 마지막 날까지 무신론자를 자처했다는 애기를 했다. 그리고 그의 초기 시에 보이는 기독교적 분위기에 대해서도 언급했다. 이 기독교적 경건성과 화평한 삶에 대한 믿음이 전쟁 난민으로서의 불행 체험 속에서도 그의 마음에 심리적 균형을 취하게 해 준 요인이 되었다.

2장에서 그의 생애를 검토하면서 「오동나무가 많은 부락입니다」(『신세계』, 1956. 10.)에 그가 유아기에 세례를 받은 사실이 암시되었음을 언급한 바 있다. 「받기 어려운 선물처럼」(『전쟁과 음악과 희망과』, 1957)에서는 안식일에 세상 모든 사람들이 평화로운 경배의 자리로 귀의하기를 소망하는 내용을 기도의 어법으로 표현했다.

主日이옵니다. 오늘만은
그리로 돌아가렵니다.

한 켠 길다란 담장길이 벌어져

있는 얼마인가는 차츰 흐려지는
길이옵니다.

누구인가의 성상과 함께
눈부시었던 꽃밭과 함께 마중 가 있는 하늘가입니다.

모든 이들이 안식날이랍니다.
저 어린 날 主日 때 본
그림
카드에서 본
나사로 무덤 앞이었다는
그리스도의 눈물이 있어 보이었던
그날이랍니다.

이미 떠나 버리고 없는 그렇게
따시로웠던 버호니[母性愛]의 눈시울을 닮은 그이의 날이랍니다.

영원히 빛이 있다는 아름다움이란
누구의 것도 될 수 없는 날이랍니다.

그러므로 모두들 머물러 있는 날이랍니다.
받기 어려웠던 선물처럼 ―

_「받기 어려운 선물처럼」 전문[1]

초기 시이기 때문에 한국어 구사의 미숙함이 여러 군데 드러나 있다. 그러나 말하고자 하는 전체적인 뜻은 짐작할 수 있다. 주일에 주님을 경배하기 위해 교회로 가는데, 그 길은 긴 담장 옆으로 벌어져 있는 "얼마인가는 차츰 흐려지는" 길이라고 했다. 어린 시절 안식일을 회상하는 장면에서도 삶의 어두운 그늘이 개입하는 것을 완전히 배제하지는 못한 것이다. 그렇게 어두워지는 길을 거쳐 가면 아름다운 하늘가에 이르게 되는데, 그곳은 "누구인가의 성상"이 있고 "눈부시었던 꽃밭"도 있는 성스럽고 아름다운 장소다. "성상"은 '聖像'의 한글 표기일 것이다. "눈부시었던 꽃밭"이라고 과거형을 쓴 것은 전에 그런 장면을 보았다는 뜻일 수도 있고 아름다움은 늘 과거의 형상으로 머물러 있다는 잠재의식의 표현일 수도 있다. "마중 가 있는"이란 구절은 마중 나가 있다는 뜻이 아니라 하늘가에 다가간다는 뜻으로 쓰인 것이기에 어법적으로는 잘못 사용된 말이다.

화자는 주일이 모든 이들의 안식일임을 강조하고 어릴 때 카드에서 본 그림을 떠올린다. 그것은 나사로의 무덤 앞에 눈물을 흘리던 그리스도의 모습이다. 그것은 병들어 죽어가던 나사로를 믿음으로 이끌고 죽은 다음에는 재생의 기적을 베푼 그리스도의 이적을 표현한 성화일 것이다. 화자는 나사로 무덤 앞에서 흘린 그리스도의 눈물을 강조하고 있다. 그것은 연민 어린 사랑의 의미이다. 그 따스한 눈물은 골고다 언덕에서 예수의 땀을 닦아 준 성녀 베로니카의[2] 모성애로 연결된다.

다음 연에서 김종삼은 마음에 담아 두었던 속내를 직접 드러낸다. "영원히 빛이 있다는 아름다움이란/ 누구의 것도 될 수 없는 날"이란 구절이다. 이 구절을 영원한 아름다움이 어느 누구에게 국한되지 않고 모두의 것이 될 수 있다는 긍정적인 의미로 해석할 수도 있다. 그러나 마지막 연의 "받기 어려웠던 선물처럼"이란 말을 보면 영원한 아름다움이 우리에게 쉽게 다가오지 않을 것이라는 해석이 더 타당해 보인다. 그렇게 해야 "모두들 머물러 있는 날"의 뜻도 어느 정도 이해가 된다. 영원한 아름다움이 누구의 것도 될 수 없기에 주를 경배하는 안식일에 머물러 있게 된다는 뜻이다.

안식일의 긍정적인 측면을 경건하게 보여주던 시인이 끝에 가서는 신의 은총을 쉽게 얻을 수 없음을 이야기했다. 기독교적 교리로 보면 김종삼의 생각은 타당하다. 그러나 교리의 차원에서 나온 발언은 아니고 김종삼이 지닌 인생에 대한 부정적 태도가 빚어낸 구절일 것이다. 신의 선물은 쉽게 받을 수 있는 것이 아니기에 우리는 진정한 구원에 이르기 위해 계속 노력해야 한다는 생각을 드러낸 것이다. 그러나 부정적 인식이 전면에 드러나지는 않고 구원에 대한 소망이 중심을 이루고 있다.


## 소망과 은총

빈도로 보면 『한국전후문제시집』(1961)에 기독교적 분위기의 작품이 많이 실려 있다. 앞에서 본 「받기 어려운 선물처럼」이 안식일의 예배를 암시적으로 표현한 데 비해 다음 시는 더욱 분명한 기독교적 관점에서 부활절에 행한 봉사 미션에 대해 서술했다.

城壁에 日光이 들고 있었다
육중한 소리를 내는 그림자가 지났다

그리스도는 나의 산 계급이었다고
죄 없는 무리들의 주검 옆에 조용하다고

내 호주머니 속엔 밤 몇 톨이 들어
있는 줄 알면서
그 오랜 동안 전해 내려온 전설의
돌층계를 올라가서
낯모를 아이들이 모여 있는 안쪽으로
들어섰다 무거운 거울 속에 든 꽃잎새처럼
이름이 적혀지는 아이들에게
밤 한 톨씩을 나누어 주었다

_「부활절」 전문

『한국전후문제시집』과 『십이음계』에 수록된 작품으로, 앞에 발표한 작품을 많이 가다듬어서 시집에 수록했다. 부활절을 맞아 자신이 지니고 있던 밤 몇 톨을 아이들에게 나누어 주었다는

김종삼의 시를 찾아서

내용이다. 전반적으로 긍정적인 문맥이 중심을 이루지만 중간에 나오는 구절들은 그렇게 밝지 않다. 김종삼의 부정적 의식이 시행 사이에 투영된 결과다. 성벽에 일광이 드는 모습은 긍정적이지만 "육중한 소리를 내는 그림자"는 부정적이다. "그리스도는 나의 산 계급이었다고"는 무슨 뜻일까? 죄 없는 무리들의 죽음 옆에 침묵을 지키고 있지만 그리스도는 여전히 살아 있는 존재라는 뜻일까? 그렇게 해석하기에는 '계급'이란 말이 참으로 낯설다. "나의 산 계급"이 내가 살아온 계급이라는 뜻이라면, 지금까지 나를 살아 있게 한 그리스도가 죄 없는 무리들의 죽음 앞에서는 침묵을 지키고 있다는 뜻으로 해석될 수 있다.

화자는 오래된 전설의 돌층계를 올라가서 낯선 아이들이 모여 있는 곳에 들어가 그 아이들에게 호주머니에 있던 밤 한 톨씩을 나누어 주었다고 했다. 여기서 '밤'은 상징적인 의미를 지닌다. 어떤 뜻으로건 아이들에게 도움이 될 일을 한 것이다. 아이들의 행적을 묘사하는 대목에 또 다시 어두운 그림자가 드리운다. "무거운 거울 속에 든 꽃잎새처럼 이름이 적혀지는 아이들"이라고 했다. 그 아이들의 이름이 왜 무거운 거울 속에 든 꽃잎처럼 적힌다고 했을까? "무거운 거울"은 그들이 헤쳐 가게 될 삶의 어두움을 의미하는 것 같다. 천진한 아이들이라 지금은 꽃잎처럼 이름이 적히지만 결국은 무거운 거울 속에 자신의 운명을 헤쳐 가야 하는 것이다. 부활절의 선행을 이야기하면서도 삶을 보는 눈은 여전히 어둡다. 그러나 어두운 운명을 예감하면서도 자신이 지니고 있던 무언가를 내 주었으니 부활절의 미션을 충실히 실천한 것은 사실이다.

나는
미션 병원의 圓柱처럼
주님이 꽃 피우신 울타리

지금 너희들 가난하게
생긴 아기들의 많은
어머니들에게도 그랬거니와
柔弱하고도 아름다웁기 그지없음은 짓밟혀 갔다고 하지만

지혜처럼 사랑의
먼지로서 말끔하게 가꾸어진
자그만하고도 거룩한
생애를 가진 이도 있다고 하잔다

오늘에도 가엾은
많은 赤十字의 아들이며 딸들에게 그지없는 은총이 내리면
서운하고도 따시로움의 사랑이 나는 무엇인가를 미처 모른다고
하여 두잔다

제각기 色彩를 기다리고 있는 새싹이 트이는 봄이 되면 너희들
의 부스럼도 아물게 되면

나는

미션 병원의 늙은 간호부라고 하여 두잔다

_「마음의 울타리」 전문

이 시도 『한국전후문제시집』과 『십이음계』에 수록된 작품이다. 「부활절」과 마찬가지로 시집에 수록하면서 어수선한 부분을 많이 정리했다. 앞의 수록본에 있던 "먼지로써 말끔하게 가꾸어진/ 羊皮性의 城처럼" 같은 어색한 구절은 삭제되었다. 「부활절」과 유사하게 사랑과 봉사의 메시지를 담고 있는 작품이다. "주님이 꽃 피우신 울타리"가 되어 남에게 도움이 될 일을 하겠다는 기원을 담고 있다. 김종삼의 시로서는 드물게 자기희생을 통한 미래의 희망적인 설계를 제시한다. "하잔다", "하여 두잔다"라는 종결구의 반복이 미묘한 운율감과 감흥을 일으켜 이 시구의 의미를 되풀이 음미하게 한다.

『누군가 나에게 물었다』에 수록된 「아데라이데」에 할머니가 입원해 있는 기독병원 방문 이야기가 나온다. 이 병원은 외국인 의료선교사가 세운 미션계 병원으로 도립병원인 자혜병원에 비해 상당히 깨끗하고 의료 시설도 좋기 때문에 김종삼의 의식에 깊이 자리 잡은 것 같다, 그는 「아데라이데」에서 "입원실마다 복도마다 계단마다/ 언제나 깨끗하고 조용하였다"라고 썼다. "실내엔 색깔이 선명한/ 예수의 초상화가 걸려 있었고" "먼지라곤 조금도 찾을 수 없었다"라고 서술했다. 그 미션 병원의 이미지가 「마음의 울타리」에도 투영되어 있다. 「마음의 울타리」에 잠깐 드러난 미션 병원의 이미지를 「아데라이데」에서 더욱 정교하게 구체화한 것이다.

첫 연에 나오는 "미션 병원의 圓柱처럼"은 『한국전후문제시집』 수록본에 "미션 병원의 구름의 圓柱처럼"으로 되어 있었다. 어린 눈에 멋지게 보였던 구름 모양의 둥근 기둥을 표현하고자 한 것이다. 그렇게 아름다운 모습으로 주님의 은총을 담아 아기들과 어머니에게 다가가고자 한 것이다.

그러나 그 은혜로운 선행에도 삶의 그늘이 비친다. "가난하게 생긴 아기들"이라고 했고, 그 아이들이 부스럼을 앓고 있다고 했다. 어머니들의 아름답기 그지없는 덕성이 그만 유약하게도 짓밟혀 갔다고 했다. 그의 내면에 잠재되어 있는 전쟁의 상처와 비극이 개입한 것이다. 그러나 주님의 은총에 의해 그 참혹을 디디고 무언가를 해야 한다고 말한다. "사랑의 먼지로서 말끔하게 가꾸어진"은 먼지 하나 없이 정결한 상태를 표현한 것이다. 먼지가 전혀 없으니 "사랑의 먼지"라고 했다. 그렇게 깨끗하고 거룩한 생애를 가진 이가 어디엔가 있을 것이며 가난한 너희들도 그런 사람이 될 수 있을 것이라는 말을 하고자 했다. 그런 말을 하고 싶다는 소망을 "있다고 하잔다"로 표현했을 것이다.

신의 은총과 사랑에 대해 자신은 분명한 언약을 할 수 없는 처지다. 자신은 죄 많고 소외된 약자이기 때문이다. 그러나 저마다 다른 색채로 피어나게 될 봄의 새싹처럼 아기들이 건강하게 자라고 부스럼도 아물게 되었으면 좋겠다는 소망은 저버릴 수 없다. 그래서 너희들이 그렇게 되도록 돌보는 미션 병원의 늙은 간호부 역할이라도 했으면 좋겠다는 뜻을 겸손하게 "하여 두잔다"로 표현했다. 독특한 어조와 겸양의 미덕, 소박한 소망이 조화를 이룬 아름다운 작품이다. 그의 내면에 이처럼 온화한 마음과 청정한 정신이 있었음을 분명히 기억해 둘 필요가 있다.

## 주의 은혜

『한국전후문제시집』이후 그의 시에 기독교적 구원이나 신에 대한 호소가 등장하는 경우는 아무 드물다. 그의 시에 다시 기독교적 구원의 중심으로 '주(主)'가 등장하는 것은 1980년 이후 죽음의 고비를 몇 번 넘어선 시기의 일이다. 그때 쓴 시들은 자신이 죽음의 고통을 겪으면서도 이렇게 사는 것이 주님의 은총 때문이라는 생각을 표현했다. 죽음을 앞에 둔 사람이 종교에 귀의하여 마음의 평안을 얻는 과정을 김종삼도 보여준 것일까?

그날도
저 지점까지도
죽어가던 나를
主님이 이끌어 주었다
그 다음부터도
오늘에 이르기까지도
이 시각까지도 이끌어 준다

뻔뻔스런 罪人을.

_「나의 주」 전문(『문학사상』, 1982. 10.)

시 뒤에 붙은 산문에서 연이은 폭음으로 의식을 잃고 병원에
입원했다 퇴원하는 일을 반복했음을 밝히고 있다. 자신이 죽어
가는 과정을 지켜보며 그것을 시로 쓰는 기묘한 시작 활동을 한
것이다. 죽어가던 나를 오늘 이 순간까지 이끌어 주는 것은 주
님이라고 했다. 기독교를 믿지 않는 무신론자이지만, 그는 어떤
절대적 존재에게 자신의 삶을 맡기고 죽음까지도 그에게 의지
하고 싶어 한다.

이렇게 절대적 존재에게 자신을 귀속할 수 있는 것은 "뻔뻔스
런 죄인"이라는 자의식 때문이다. 인간은 죄인이고 그것을 구원
해 주는 것이 신이라는 기독교의 논리를 자신의 삶과 죽음의 행
로에 적용하고 있다. 자신을 "뻔뻔스런 죄인"으로 인식하는 한
자신의 행위에 대한 경계심은 없어진다. 어쩌면 스스로 죄인이
라 생각하고 모든 것을 주의 뜻에 맡겼기에 그의 연이은 음주와
자포자기적 태도가 가능했는지도 모른다. 다음 시도 그러한 맥
락을 암시한다.

그때의 내가 아니다
미션계라는 간이 종합병원에서이다
나는 넝마 같은 환자복을 입고 있었다
고통스러워 난폭하게 죽어 가고 있었다

하루 이틀 다른 병원으로 옮기어질 때까지
시간을 끌고 있었다
벼랑바위가 자주 나타나곤 했다

어제처럼 그제처럼
목숨이 이어져가고 있음은
아무리 생각하여도
시궁창에서 산다 해도
主의 은혜이다.

_「비시(非詩)」 전문(『문예중앙』, 1983년 가을호)

"시궁창에서 산다"는 것은 가난보다는 자신의 자포자기적 방기를 의미한다. 연이은 음주로 의식을 차리지 못하는 삶을 스스로도 비참한 일이라고 생각한 것이다. "넝마 같은 환자복"도 입원 시설의 낙후함보다는 밑바닥까지 내려간 자신의 처지를 나타낸 것이다. 간경변의 발작이 일으키는 고통을 "난폭하게 죽어" 간다고 표현했다. 죽음은 기정사실이고 죽음에 이르기까지 난폭한 고통이 개입하는 것이다. 병원에 입원하여 일정한 조치를 받으면 고통은 멎고 생명이 연장된다. 죽음이 유예되는 것이다. 이 모든 작용은 내가 하는 것이 아니라 절대자가 하는 일이다. 이미 하느님께 모든 것을 맡겼으니 시인이 할 일은 없다. 그래서 그는 이 모든 것이 주의 은혜라고 하는 것이다.
　이것은 기독교적 신앙의 표현이 아니라 모든 것을 포기한 약자의 방관적 발언이다. 그러한 자포자기의 삶 속에서도 세상을 원망하지 않고 자신이 죄인이라고 인정하며 모든 것을 주의 은혜로 돌리는 태도는 그가 어릴 때 접촉한 기독교 신앙의 영향에서 온 것이다. 기독교 정신의 토대가 가혹한 운명을 자신의 죄의 결과로 받아들이고 절대자에게 순종하는 자세를 갖게 했을 것이다.

## 음악이 주는 위안

어릴 때 세례를 받기는 했으나 무신론자로 자처한 김종삼에게 종교적 구원과는 다른 차원에서 그의 정신을 정화하고 위안한 것은 음악이었다. 그는 음악이 불러일으키는 환상의 아름다움에 의해 현실의 고통을 달랬고 세상을 살아갈 수 있는 힘을 얻었다. 「음역(音域)」이라는 시에서 "나는 음역들의 영향을 받았다"고 단적으로 말한 것처럼 그는 작품 여러 곳에서 자신이 음악의 영향을 받았다는 사실을 밝혔다. "황동규에게"라는 부제가 붙은 「그라나드의 밤」(『세계의 문학』, 1980년 가을호)은 짧은 형식으로 자신의 시작의 원천이 무엇인지를 암시한 작품이다.

드뷔시 프렐류드
씌어지지 않는
散文의 源泉

_「그라나드의 밤」 전문

「그라나드의 밤」은 프랑스 작곡가 클로드 드뷔시(Claude Debussy)의 피아노곡 「판화」 중 두 번째 곡이다. 보통 「그라나다의 밤」으로 알려져 있는데 원제가 "La Soiree dans Grenade"이다. 'Grenade'는 이슬람 왕국이 있던 스페인 남부의 그라나다(Granada)를 불어로 표기한 것이다. 불어 발음을 아는 김종삼은 「그라나드의 밤」이라고 제목을 붙였다.

제목은 드뷔시의 피아노곡 이름을 내세웠고, 시 본문에는 "드뷔시 프렐류드"를 제시했다. 드뷔시는 두 권의 전주곡 모음을 남기기도 했지만, 여기서 언급한 것은 말라르메의 장시 「목신의 오후」(L'aprés-midi d'un Faune)를 소재로 작곡한 전주곡일 것이다. 말라르메의 「목신의 오후」는 숲 속의 신비스런 존재인 목신의 몽환과 유열, 권태를 고도의 상징성을 동반한 말라르메 특유의 언어적 연금술로 형상화한 작품이다. 드뷔시는 이 시의 상징적인 정조를 충분히 살려 정교하면서도 그윽한 환상의 세계를 창조하는 데 성공했다. 말라르메 시의 몽환적 아름다움이 드뷔시의 음악적 개성 속에 포착된 것이다. 이러한 시와 음악의 희유한 결합은 두 예술 장르의 환상 창조 작용에 의해 가능했을 것이다. 시와 음악이 환기하는 몽환적 아름다움은 산문으로 설명되기 어려운 예술의 원천이다. 김종삼은 자신의 시 해설을 쓴 황동규에게 산문으로 환원될 수 없는 오묘한 음악의 울림과 자신의 시와의 연관성을 전하고 싶었던 것 같다.

음악을 시의 주제로 본격적으로 등장시킨 작품은 「쎄잘 프랑크의 음」이다. 이 시는 『지성계』(1964. 8.)에 발표되었는데, 그의

시집에는 수록되지 않았고 『김종삼 전집』(나남출판)에 발굴 자
료로 소개되었다.

神의 노래
圖形의 샘터가 설레이었다

그의 音盤에 피어 오른
水銀 빛깔의
작은 음계

메아린 深淵 속에 어둠 속에 無邊 속에 있었다
超音速의 메아리

_「쎄잘 프랑크의 음」 전문

세자르 프랑크는 벨기에 출신의 프랑스 작곡가다. 그는 피아
노 연주자로 출발하여 오르간 연주자로 생계를 이어 갔는데, 생
전에 작곡가로 주목받지 못했지만 시류에 영합하지 않고 자신
의 음악 세계를 지켰다. 세상에 알려지지 않은 처지에서 순수한
영혼으로 음악의 경건한 아름다움을 표현한 점이 김종삼에게
호감을 주었을 것이다.

그러나 이 시는 그의 장기인 명암의 이중적 변주를 보여 주지
못하고 단선적인 시어로 음곡의 특징을 나타내고 있을 뿐이어
서 성공작으로 보기 어렵다. 그래서 시집에 수록하지 않았을 것

김종삼의 시를 찾아서

이다. 둘째 행의 "圖形"은 문맥으로 볼 때 "圓形"의 오식으로 짐작된다. 그림 모양의 샘터가 아니라 둥근 모양의 샘터에 신의 노래가 퍼진다고 해야 문맥이 통하기 때문이다. 세자르 프랑크의 곡이 둥근 샘터를 연상시키고 그 곡을 연주하는 건반에서 수은 빛깔의 선율이 은은하게 피어오른다고 표현했다. 거기서 울려 나오는 반향은 깊고 어둡고 무한한 영역으로 퍼져 간다. 그것을 김종삼은 "초음속의 메아리"라는 한 줄 시행으로 표현했다. 세상을 초월한 것 같은 순수성을 "초음속"이라는 당시의 유행어로 표현한 것이 김종삼 마음에 들지 않았을 것이다. 그러나 음악의 신선한 아름다움을 이미지로 표현하려 했다는 점에서 그의 시작 경향을 알려주는 작품으로 의미를 지닌다.

말러의 교향곡 「죽은 아이에게 부치는 노래」를 시로 옮기려 한 「음악」에 대해서는 4장에서 자세히 검토한 바 있다. 이보다 앞서 음악의 아름다움을 통해 마음의 안식과 평화를 얻으려 한 작품이 「라산스카 ― 미구에 이른」이다. 이 작품이 최초로 발표된 것은 『현대문학』(1961. 7.)이고 그 후 시행 배치가 바뀌어 『본적지』(1968)에 수록되었다. 그러나 정작 개인 시집인 『십이음계』(1969)에는 수록되지 않았다. 두 번째 개인시집 『시인학교』(1977)에는 첫 연만 시행이 재배치되어 수록되었는데, 나는 이것을 『시인학교』의 조판상의 실수로 보고 독립된 작품으로 인정하지 않는다.[3]


미구에 이른 아침

하늘을 파헤치는
스콥 소리

하늘 속
맑은
변두리
새 소리 하나
물방울 소리 하나

마음 한 줄기 비추이는
라산스카

_「라산스카」 전문

　일상적인 한자어도 한자로 표기했던 시인이 "미구에"는 한글
로 썼다. 이 때문에 이 시구의 의미에 대해 설왕설래가 이어졌
다. '미구'를 한자어 '미구(微軀)'로 보고 미천한 몸으로 해석한
경우도 있었다. 『시인학교』에 "미구에 이른/ 아침"으로 표기한
것을 보면 "미구에 이른"이 "아침"을 꾸며 주는 구조임을 알 수
있다. '오래지 않아 이르게 된 아침'이라는 뜻이다. 어둠이 오
래갈 줄 알았는데 얼마 지나지 않아 아침을 맞게 되었다는 뜻
이다.

　상쾌한 아침을 알리는 듯 하늘을 파헤치는 모종삽 소리가 난
다. '스콥'은 네덜란드어 'schop'으로 지금의 외래어 표기로는

'스홉'인데 화단용으로 쓰는 숟가락 모양의 작은 삽을 의미한다. 그러니까 여기서의 "스콥 소리"는 시끄러운 소리가 아니라 작은 소리다. 채송화 꽃씨를 심기 위해 작은 모종삽으로 땅을 파는 정도의 소리를 상상할 수 있다. 라산스카가 부르는 노래가 그렇다는 뜻일까? 석연치 않지만 그 다음에도 소리가 나오는 것으로 보아 그러한 해석이 가능하다.

그렇게 스콥 소리가 나는 하늘 어딘가에 맑은 변두리가 있고 거기서 들리는 새 소리와 물방울 소리를 지칭했다. "맑은/ 변두리"라는 말은 중심부보다는 변두리에 맑음이 유지된다는 뜻을 나타낸다. 김종삼의 소외의식이 자신도 모르게 투영된 결과일 것이다. 새 소리와 물방울 소리를 '하나'라는 숫자로 나타낸 점이 특이하다. 맑은 하늘 한 끝에 새 소리 하나와 물방울 소리 하나가 첨가된 장면은 매우 정갈하고 신비로운 느낌을 준다. 새 소리는 쉽게 들을 수 있는 소리지만 물방울 소리는 그렇지 않다. 물방울 소리를 들으려면 깊이 귀를 기울여야 하고 소리가 들릴 때까지 기다리는 참을성도 있어야 한다. 그것은 정말 '하나'라는 수사로 표현될 만하다. 이 두 소리가 환기하는 내용은 앞의 스콥 소리에 비해 더 조용하고 정적이며 간헐적인 느낌을 준다.

셋째 연의 '라산스카'는 성악가의 소리가 아니라 빛의 의미에 가깝다. 마음 한 줄기를 비춘다고 했기 때문이다. 라산스카의 노래 소리가 어두운 마음을 환하게 비추어 준다는 뜻일까? 실제로 성악가 라산스카는 가늘고 고운 음색을 지녔다. 그가 부르는

'애니 로리'는 아주 맑고 깨끗해서 아침을 여는 첫 소리의 느낌을 주고, 맑은 변두리를 투명하게 울리는 새 소리, 물방울 소리 같기도 하다. 그러면서도 그것은 가늘게 울리다 사라지는 것이기에 '하나', '한 줄기' 같은 한정어로 표현했을 것이다.

이 시는 고요한 아름다움에 초점을 맞추고 있다. 분명히 포착되지 않는 아름다움의 변방을 보여준다. 김종삼은 이렇게 생의 변두리를 스치는 가늘고 깨끗한 아름다움에 관심을 가졌다. 잠깐 보이다 흔적 없이 사라지는 순간의 아름다움에 그는 매혹을 느꼈다. 순간의 아름다움이 더 순수하다는 생각을 가졌던 것 같다. 그래서 그는 웅대한 관현악곡보다 전주곡이나 변주곡 같은 소품을 좋아했다. 바흐의 첼로 조곡을 정확히 연주한 파블로 카잘스를 애호했고(「첼로의 PABLO CASALS」), 햇빛이 비치는 몇 그루 나무와 마른 풀잎에서 바흐의 오보에 주제를 연상하며 자비로움을 이야기했다(「유성기」). 다음 시도 음악의 아름다움에서 생의 위안을 얻는 장면을 직접 표현하고 있다.

정신병원에서 밀려나서
며칠이 지나는 동안 살아가던
가시밭길과 죽음이 오고가던
길목의 광채가 도망쳤다.
다만 몇 그루의 나무가 있는
邊方과 시간의 차원이 없는 古稀의
계단과 복도와 엘리자베스 슈만의

높은 天井을 느낀다

_「장편 4」 전문

『시문학』(1976. 4.)에 발표되고 『시인학교』에 「장편 4」로 수록된 작품이다. 알코올 의존증 환자는 일단 정신과 치료를 받고, 의존증에서 벗어나면 내과 치료를 받는다고 한다. 이 시기에 김종삼이 실제로 정신과 신세를 졌는지는 알 수 없다. 여하튼 자신의 병세가 호전되어 며칠이 지난 상태를 시로 표현한 것이다.

자신의 삶이 가시밭길로 비유되고 죽음과 거의 동거하는 상태로 제시되었다. 길목의 광채가 도망쳤으니 어둠만 깔려 있는 형국이다. 어두운 삶의 공간에 그래도 몇 그루의 나무가 보이고 아주 낡은 계단과 복도가 보인다. 김종삼은 그 나무도 '변방'에 있는 것으로 제시하고 계단과 복도의 낡고 오래된 모습을 "시간의 차원이 없는 古稀"로 표현했다. 그의 소외의식이 투영된 결과다. '古稀(고희)'는 칠십의 나이를 가리키는 말이지만 여기서는 원래 뜻 그대로 오래되고 드문 상태를 나타내는 말로 쓰였다.

마지막 장면은 미약하나마 화자가 회복과 소생의 가능성을 인지하는 상태를 나타낸다. 절망 속에 약간의 희망이 싹트는 상태를 표현한 것이다. 이때 김종삼의 자아를 뚜렷하게 이끌어 준 동력은 "엘리자베스 슈만의 높은 天井"이다. 엘리자베스 슈만은 독일 출신의 성악가로 2차 대전 때 미국으로 망명했다. 홀다 라산스카와 마찬가지로 소프라노 가수인데, 주로 오페라 무대에서 압도적인 활약을 해서 20세기 초반을 대표하는 성악가로 이름을 날렸다. 김종삼은 엘리자베스 슈만의 높고도 청아한 고음의 아름다움에서 높은 천장으로 오르는 듯한 상승감을 느낀 것이다. 그 청아한 상승감을 표현하기 위해 '天井(천정)'이라는 한자를 사용했다.

## 영원불멸의 인간다운 아름다움

이처럼 음악은 그에게 생의 의욕을 갖게 하고 정신을 고양하는 중요한 역할을 했다. 이렇게 아름다운 음악을 인간이 창조했다는 사실이 인간에 대한 믿음과 긍정적 시선을 갖게 했을지 모른다. 맑은 정신을 유지하고 있는 상태에서는 종교의 신성함보다 음악의 아름다움이 그의 영혼을 이끄는 손길로 다가왔다.

이 地上의
聖堂
나는 잘 모른다

높은 石山
밤하늘
헨델의 메시아를 듣고 있었다

_「성당」 전문(『현대문학』, 1981. 8.)

이 시도 앞의 엘리자베스 슈만의 경우처럼 헨델의 오라토리오 '메시아'를 듣고 밤하늘에 솟아오르는 "높은 石山"의 이미지를 느끼는 상태를 표현했다. 여기서 "높은 석산"은 앞에 나온 "높은 천정"과 같은 의미를 내포한다. 김종삼에게는 인간이 만든 성당보다 인간이 창조한 아름다운 음악이 영혼을 구원하는 신성한 손길로 받아들여진 것이다. 종교보다 음악에서 안식을 얻는 그의 지향을 엿볼 수 있다.

1976년 직장에서 퇴직한 후 목적 없는 산책으로 나날을 보내던 시기에도 그에게 위안을 준 것은 다른 무엇보다 음악이었다. 『문학사상』(1978. 2.)에 발표한 「행복」은 모처럼 든든한 용돈이 생겨 자유롭게 산책하게 된 기쁨과 그런 세상에 대한 고마움을 직선적으로 토로하고 있다. 그러한 행복감을 표현하는 매개물이 "멘델스존의 로렐라이 아베마리아의 아름다운 선율"이다. 여기 나오는 멘델스존의 「로렐라이」나 「아베마리아」는 음악 전문가가 아닌 일반인들에게는 알려지지 않은 곡이다. 「로렐라이」는 멘델스존의 미완성 오페라로 거기 나오는 소프라노의 아리아가 전문가들에게 명곡으로 알려져 있다. 「아베마리아」는 합창곡인데 탁월한 심미성으로 전문가들에게 높은 평가를 받는다. 그는 자신이 애호하는 음악의 아름다운 선율로 행복감을 표현한 것이다.

두 사람의 생애는 너무 비참하였다. 그러므로 그들에겐 신에게서 베풀어지는 기적으로 하여 살아갔다 한다. 때로는 살아갈 만한

희열도 있었다 한다. 환희도 있었다 한다. 영원불멸의 인간다운
아름다움의 내면세계도 있었다 한다. 딴따라처럼 둔갑하는 지휘
가가 우스꽝스럽다. 후란츠 슈베르트·루드비히 반 베토벤 —
_「연주회」 전문(『월간문학』, 1981. 1.)

슈베르트는 가난한 집안의 열세 형제 중 막내로 태어나 가난
과 병고 속에 오랜 무명 생활을 보내고 명성을 얻을 무렵 31세
로 세상을 떠났다. 베토벤은 작곡가로서 두각을 나타내던 30세
이전부터 난청 증세가 시작되어 40세 이후에는 청력을 완전히
상실했다. 그런데도 그는 난관을 뚫고 위대한 후기 교향곡 네
편과 다수의 관현악곡을 창조했다. 베토벤에 관심이 많았던 김
종삼은 「실기(實記)」(『월간문학』, 1984. 9.)라는 시에서 베토벤이
"귀가 멀어져/ 새들의 지저귐도/ 듣지 못할 때" '전원 교향곡'을
지었다고 썼다. 청력을 잃어가면서도 위대한 음악을 창조한 베
토벤 그의 표현대로 "신에게서 베풀어지는 기적"으로 생을 지
탱했을 것이다.
　이 두 작곡가는 독신으로 고독하게 살았지만 아름다운 음악
을 창조함으로써 자신의 고난을 극복했다. 고독과 굴욕의 삶 속
에서도 영원불멸의 아름다움을 창조한 그들의 생애는 우리로
하여금 인간이란 무엇이며 예술 창조란 무엇인가를 숙고하게
한다. 환희의 송가와 기쁨의 합주가 뼈저린 고통 속에서 나오고
악마적 시련의 연속 속에서 신성한 세계가 창조될 수 있음을 그
들의 음악이 증명하고 있다. 그들은 신이 베푼 기적처럼 고난

속에 아름다운 환희의 세계를 창조할 수 있었지만 다수의 보통 사람들은 고통의 연쇄에 시달리고 있다. 김종삼 자신이 바로 그러한 처지에 놓여 있는 것이다.

마지막에 나오는 "딴따라처럼 둔갑하는 지휘가가 우스꽝스럽다"는 말은 무슨 뜻일까? 제목이 '연주회'니 연주회 자리에서 지휘자의 모습을 실제로 보고 한 말일 것이다. 지휘자는 가락의 변화에 따라 동작을 달리 한다. 연미복을 떨쳐입고 머리를 흔들며 지휘봉을 휘젓는 지휘자의 모습이 시인에게 딴따라처럼 둔갑하는 우스꽝스러운 모습으로 비쳤을 것이다. 과연 저 지휘자가 "신에게서 베풀어지는 기적으로" 살아갔던 저 두 작곡가의 비참한 삶을 이해할까? 그들이 참혹한 삶을 이겨내고 창조한 "영원불멸의 인간다운 아름다움의 내면세계"를 과연 얼마나 이해할까? 이런 생각이 들었을 것이다. 겉으로 화려해 보이는 연주회의 정경 저변에 놓인 고통과 환희의 양면성, 생의 아이러니를 성찰한 것이다.

마지막에 배치된 두 작곡가의 이름은 마치 음악의 한 소절처럼 아름답게 울린다. 그것은 딴따라처럼 둔갑하는 지휘자의 모습과 대조를 이루며 아름다운 가락을 형성한다. 다른 어떤 종결도 이보다 아름다울 수는 없을 것이다. 김종삼은 "신에게서 베풀어지는 기적"이 자신에게도 베풀어져 "영원불멸의 인간다운 아름다움의 내면세계"를 창조하는 날이 오기를 희구했을 것이다. 그의 시는 실제로 그런 경지에 가까이 다가갔다.

바로크 시대 음악 들을 때마다

팔레스트리나 들을 때마다

그 시대 풍경 다가올 때마다

하늘나라 다가올 때마다

맑은 물가 다가올 때마다

라산스카

나 지은 죄 많아

죽어서도

영혼이

없으리

_「라산스카」전문[4]

이 시의 형식이 드러내는 언어의 리듬을 음미해 보자. 우선 눈에 띄는 것은 1, 2행의 "들을 때마다"의 반복, 3, 4, 5행의 "다가올 때마다"의 반복이다. 크게 보면 '~ㄹ 때마다'가 다섯 번 반복되고, 전반부의 '들을'이 후반부에 '다가올'로 변주된다. 시행의 앞부분에 '아' 음이 연속되다가 뒤의 세 시행에서 세 개의 음성 모음으로 바뀐다. 6행의 '라산스카'는 앞의 다섯 행과 뒤의 네 행을 가르는 경계 지표의 역할을 한다. 유사한 음과 뜻으로 길게 이어지던 다섯 행이 끝나고 그 뒤에 배치된 '라산스카'는 앞의 긍정적 의미를 종결하고 뒤의 부정적 의미를 이끄는 전환점의 역할을 한다. 그래서 이 한 줄의 시행은 마치 깊은 탄식처럼 들린다. 그리고 다음에 이어지는 짧은 시행들은 탄식의 이유를 밝히는 고요한 독백 같다. 요컨대 시인은 언어를 사용하여 한 편의 짧은 음악을 작곡한 것이다.

　유럽의 바로크 시대는 17세기다. 바로크 음악 말기를 장식한 작곡가가 비발디, 헨델, 바흐 등이다. '팔레스트리나'는 그들보다 앞서 16세기에 활동한 이탈리아 작곡가 조반니 피에르루이지의 별칭으로 그가 태어난 지명이다. 그는 평생 수백 편에 이르는 미사곡과 종교 성악곡을 작곡했다. 그의 곡이 교회 음악의 전형이 되었기 때문에 장엄하고 전아한 형식의 성악곡 양식을 그냥 팔레스트리나라고 불렀다. 이 음악들은 웅장하고 장엄한가 하면 우아하고 경건하다. 균형과 조화를 유지한 고전적 아름다움의 극치를 보여준다. 이 시의 "하늘나라"는 경건함을, "맑은 물가"는 정결함을 의미한다. 바로크 음악과 팔레스트리나는 전아하고 고결한 아름다움의 세계로 우리를 이끈다.

　이러한 음악의 아름다움에 비하면 인간 세상은 거칠고 저열하다. 인간은 모두 죄인이다. 음악이 연상하는 고귀한 정조에 비하면 죄 많은 자신이 너무나 비속해 보인다. 하나하나 씹어서 뱉어낸 것 같은, 그러나 수정처럼 맑게 응결된 "죽어서도/ 영혼이/ 없으리"가 환기하는 내용은 사실 끔찍하다. 살아서 영혼이 없는 것은 물론이요 죽어서도 영혼이 없다는 뜻이다. 구원의 가능성은 단절된 상태다. 이것은 "수억 년간/ 주검의 연쇄에서/ 악령들과 곤충들에게 시달려"(「꿈이었던가」) 온 죄인이 죽어서도 다시 그것을 반복하는 참혹한 악몽을 연상시킨다.

　그러나 이 시는 악몽의 악순환을 강조하기 위해 쓰인 것이 아니다. 오히려 그렇게 비천한 인간에게 이토록 정결한 음악이 전해진다는 사실의 기적 같은 고마움을 표현하고자 한 것이다. 죽어서도 영혼이 없을 것 같은 내게 신의 축복처럼 베풀어지는 음악의 향연이 너무나도 고마운 것이다. 음악이 있기에 고난의 삶도 견딜 수 있고 죽음의 고비도 버텨낼 수 있다. 음악은 생에 대한 믿음과 인간에 대한 사랑을 되살리게 하는 성스러운 강물이다.

> 連山 上空에 뜬
> 구름 속에서 무슨 소리가 난다
> 무슨 소리가 난다
> 아지 못할 單一樂器이기도 하고
> 평화스런 和音이기도 하다
> 어떤 때엔 天上으로
> 어떤 때엔 地上으로 바보가 된 나에게도
> 무슨 신호처럼 보내져 오곤 했다
>
> _「소리」 전문

『동아일보』(1982. 7. 24.)에 발표했을 때는 이북의 친구들을 생각하는 구절이 들어 있었는데, 『평화롭게』(1984)에 수록되면서 그 부분이 삭제되어 오히려 간결하고 함축적인 작품이 되었다. "連山"은 앞에서 검토한 「행복」에서 멘델스존의 아름다운 선율이 퍼져 가던 "긴 능선 너머/ 중첩된 저 산더미 산더미 너

　김종삼의 시를 찾아서

머"의 의미를 줄여 말한 것이다. 그것은 삶의 고행이 이어진 능선과 고개를 의미한다. 우리를 위안하는 음악은 고해의 능선을 넘어 상공에 뜬 구름에서, 다시 말해 신비로운 공간에서 들려온다. 속세의 죄 많은 중생은 그 소리의 뜻을 선명히 포착하지 못한다. 끝내 "무슨 소리"로 남을 뿐이다. 들려오는 소리는 소나타 같은 단일 악기의 소리이기도 하고 협주곡 같기도 하다. 중요한 것은 '아지 못할 무슨 소리'이지만 그 화음이 평화롭다는 것이다.

평화의 음악이 내게 전해져 위안을 주고 안식을 준다. 그것은 성스러운 천상의 세계로도 퍼지고 죄 많은 지상의 세계로도 전해진다. 그런 의미에서 음악은 천상과 지상을 매개해 주는 역할을 한다. 죄 많은 지상의 인간이 그나마 천상을 엿볼 수 있는 것은 음악 덕분이다. 음악은 우리를 영원불멸의 천공으로 이끈다.

그런데 시인이 스스로를 "바보가 된 나"로 지칭하는 것은 우리의 마음을 아프게 한다. 악령과 곤충에게 시달려 영혼 없는 상태가 되었음을 표현한 것인가? 알코올 탐닉으로 영육이 피폐해져 무기력한 폐인이 되었다는 뜻인가? 그러나 그렇게 모진 시련을 겪은 나에게도 구름 속에서 나는 소리는 "무슨 신호"처럼 전달된다. 무슨 소리인지는 알 수 없으나 어떤 신호를 보내니 그 신호에 따라 산 너머 구름 속의 나라로 갈 수 있으리라. "한결같이 아름다운/ 자연 속에/ 한결같이 마음이 고운 이들이/ 산다는 곳"(「앤니로리」)에 이를 수 있으리라. 그것은 그의 소망이자

우리 모두의 꿈이기도 하다. 그는 고난의 역경 속에서 인간에
대한 고귀한 믿음으로 우리의 꿈을 대변해 준 것이다.

# 7 평화의 소망과 인정의 아름다움

## 동심의 천진성

종교의 경건함과 음악의 아름다움에서 기원한 인간의 순수함
에 대한 믿음은 일생에 걸쳐 그의 시에 지속된 주제다. 그는 동
심의 천진성이 참혹한 현실과 타락한 사회로부터 인간을 구원
한다고 믿었다. 이러한 생각은 그의 초기 시부터 단순하고 분명
한 어조로 제시된다.

토끼똥이 알알이 흩어진
가장자리에 토끼란 놈이 뛰어 놀고 있다.

쉬고 있다.

피어오르는 아지랑이의 체온은 성자처럼 인간을 어차피 동심으

로 흘러가게 한다. 그리고 나서는 참혹 속에서 바뀌어졌던 역사
위에 다시 시초의 여러 꽃을 피운다고,

메말라 버리기 쉬운 인간 '성자'들의 시초인 사랑의 새 움이 트
인다고,

토끼란 놈은 맘 놓은 채
쉬고 있다.

_「오월의 토끼똥·꽃」 전문

『현대문학』(1960. 5.)에 발표되고 『한국전후문제시집』에 수록
된 작품이다. 『현대문학』에는 행이 구분된 형태로 발표되었지
만 『한국전후문제시집』에는 3연과 4연이 산문시 형태로 수록되
었다. 『현대문학』의 4연도 이어진 시행으로 편집된 것으로 보
아 산문시 형태가 맞을 것이다.

토끼똥은 작고 동그랗다. 모양 자체가 천진하여 어린애 같다.
그렇게 귀여운 똥을 싼 토끼가 천진하게 뛰어 놀고 있다. 그것
또한 어린애를 연상시킨다. "쉬고 있다"를 한 시행으로 독립시
킨 것은 전쟁과 피난을 거친 시인의 휴식에 대한 간절한 지향
때문이다. 계절은 봄이라 아지랑이가 피어오르는데, 그것이 풍
기는 따스한 느낌을 김종삼은 "체온"이라고 표현했다. 그리고
그 체온이 "성자처럼" 인간을 동심으로 흐르게 한다고 했다. 요
컨대 귀여운 토끼도, 동그란 똥도, 피어오르는 아지랑이도 모두

인간을 동심으로 유도하는 성자의 역할을 한다는 것이다. 인간은 원래 악한 존재가 아닌데 참혹한 상황에 빠져 역사의 흐름이 잠시 바뀌었을 뿐이다. 잘못된 역사의 흐름에서 천진하고 유순한 인간의 원래 바탕을 복원해야 한다. 전쟁 난민으로서의 상실 체험 속에서도 인간에 대한 기본적인 믿음을 잃지 않은 시인의 마음을 읽을 수 있다.

참혹한 겨울의 상황이 전개되어 선한 기운을 메마르게 했지만 다시 봄이 오고 새 움이 돋아 꽃이 필 것이다. 우리를 동심으로 이끄는 천진한 대상들이 성자인 것처럼 인간 세상에도 성자들이 존재한다. 그들은 인간 삶의 근원인 사랑을 실천하는 사람들이다. "인간 '성자들의 시초인 사랑의 새 움"은 그것을 표현한 말이다. 그 사랑의 기운은 외부 환경에 의해 "메말라 버리기 쉬운" 속성을 지녔다. 그러나 천진하고 유순한 대상들이 마음을 합하면 사랑의 기운은 다시 살아날 수 있다. 그러한 메시지를 상징적으로 보여 주는 것이 "맘 놓은 채 쉬고" 있는 토끼의 모습이다. 가장 유순해 보이는 토끼와 그가 남긴 귀여운 토끼똥을 사랑과 평화의 상징으로 제시했다. 생의 고통과 슬픔을 겪으면서도 생에 대한 낙관적 믿음이 존재하고 있음을 알려 주는 작품이다.


## 시인의 본적

초기 시에 위와 같은 성향의 작품이 많지 않다는 것은 이러한 믿음의 유지가 어려웠음을 반증한다. 그럼에도 불구하고 자신의 존재론적 근원이 어디에 있는가를 암시한 다음 작품을 보면 인간에 대한 믿음이 든든한 기반을 이루고 있음을 알게 된다.

나의 본적은 늦가을 햇볕 쪼이는 마른 잎이다. 밟으면 깨어지는
소리가 난다.
나의 본적은 거대한 계곡이다.
나무 잎새다.
나의 본적은 푸른 눈을 가진 한 여인의 영원히 맑은 거울이다.
나의 본적은 차원을 넘어 다니지 못하는 독수리다.
나의 본적은
몇 사람밖에 안 되는 고장
겨울이 온 교회당 한 모퉁이다.
나의 본적은 인류의 짚신이고 맨발이다.

_「나의 본적」 전문

이 시는 『현대문학』(1964. 1.)에 발표된 후 『본적지』, 『십이음계』, 『시인학교』에 계속 수록되었다. 시행 구분에 약간의 차이가 있었는데, 『십이음계』 이후 위의 형태로 고정되었다. '본적'은 예전 호적법 시대의 용어인데, 자신이 태어나고 자란 곳, 자신의 뿌리가 있는 곳을 의미한다고 보면 된다. 마른 나뭇잎은 밟으면 깨어지는 소리가 난다. 그만큼 연약하고 예민한 존재라는 뜻이다. 스스로의 약함을 먼저 드러내는 것도 시인이 가진

특성의 하나다. 보통 사람들은 자신이 강하다는 것을 억지로라도 드러내려 애쓴다. 햇볕 쪼이는 마른 잎은 남에게 전혀 폐를 끼치지 않고 조용히 머문다는 점에서 소극적인 평화의 아이콘이 될 수 있다.

『현대문학』에는 "나의 본적은 거대한 계곡이다"와 "나무 잎새다"가 이어진 시행으로 되어 있다. 위에 "마른 잎"이 나온 것으로 보면 "나무 잎새다"는 독립된 시행이라기보다 "거대한 계곡이다"에 연결된 시행으로 읽는 것이 나을 것 같다. 나의 본적은 거대한 계곡과 그것의 일부를 구성하는 나뭇잎이라는 뜻으로 이해해야 합리적이다. 거대한 계곡만 있으면 거창한 이미지가 연상되기 때문에 그것을 완화하는 재료로 나무 잎새가 필요했을 것이다.

다음에 배치된 긴 시행이 이 시의 핵심에 해당한다. "푸른 눈을 가진 한 여인의 영원히 맑은 거울"은 순수와 정결의 상징이다. 이렇게 거창한 것을 제시한 다음에는 어김없이 작고 약한 것을 배치한다. "차원을 넘어 다니지 못하는 독수리", "몇 사람밖에 안 되는 고장/ 겨울이 온 교회당 한 모퉁이"가 그것이다. 독수리는 독수리이되 자신의 한계에 갇혀 있는 독수리이고, 교회당은 교회당이되 작은 마을의 겨울 교회당 한 모퉁이이다. 순수하지만 연약하고 한정된 존재라는 뜻이다.

그러나 아무리 작고 약한 이미지가 병치되었다 하더라도 "푸른 눈을 가진 한 여인의 영원히 맑은 거울"은 그렇게 쉽게 사라질 수 있는 형상이 아니다. 그것은 이 시에 열거된 여러 형상들의 집합적 의미를 충분히 넘어설 만한 용량과 저력을 지닌다. 그리고 "인류의 짚신이고 맨발"이라는 마지막 행의 중요한 의미 맥락과 당당히 결합한다. '짚신'은 인간이 신는 신발 중 가장 허름한 것이다. 그 짚신도 걸치지 못한 상태가 맨발이다. 고난의 가시밭길을 맨발로 걸어 다녔을 성현들, 겨우 짚신 한 짝을 신고 인류를 위해 천하를 주유한 성현들. 그들의 삶이 자신의 뿌리가 박혀 있는 본적이라는 뜻이다. 자신에 대한 중요한 성찰을 '나의 본적'이라는 제목으로 소박하게 표현했다.

## 선량하고 가난한 사람들

그는 자신 혼자만을 위해 감정을 소비하는 시인이 아니라 인간의 보편적인 문제, 생의 본질을 앞에 두고 고민하는 시인이다. 그러기에 위와 같은 시가 탄생한 것이다. 누추한 변방을 서성이면서도 그는 가장 순수한 영혼의 바탕을 유지하려 했고 인류를 위해 헌신하고 희생하는 성현의 가르침을 따르려 했다. 그는 인간다운 아름다움이 영원히 이어지기를 소망했다. 그렇기 때문에 인정의 아름다움이 우러나는 장면을 보면 그 진실을 그대로 기록하려 했다. 그는 인정의 아름다움 앞에 눈물 흘리는 시인이다.

5학년 1반입니다.

저는 교외에서 살고 있기 때문에 저의 학교도 교외에 있습니다.

오늘은 운동회가 열리는 날이므로 오랜만에 즐거운 날입니다.

북치는 날입니다.

우리 학곤

높은 포플라 나무줄기로 반쯤 가리어져 있습니다.

아까부터 남의 밭에서 품팔이하는 제 어머니가 가물가물하게 바라다 보입니다.

운동 경기가 한창입니다.

구경 온 제 또래의 장님이 하늘을 향해 웃음 지었습니다.

점심때가 되었습니다.

어머니가 가져 온 보자기 속엔 신문지에 싼 도시락과 삶은 고구마 몇 개와 사과 몇 개가 들어 있었습니다.

먹을 것을 옮겨 놓는 어머니의 손은 남들과 같이 즐거워 약간 떨리고 있습니다.


어머니가 품팔이하던

밭이랑을 지나가고 있었습니다. 고구마 이삭 몇 개를 주워 들었습니다.

어머니의 모습은 잠시나마 하나님보다도 숭고하게 이 땅위에 떠오르고 있었습니다.

어제 구경 왔던 제 또래의 장님은 따뜻한 이웃처럼 여겨졌습니다.

_「5학년 1반」 전문

이 시는 『현대시학』(1966. 7.)에 발표되고 『52인 시집』에 수록되었을 뿐 그의 개인 시집에는 수록되지 않았다. 고삽하고 압축적인 작품을 즐겨 쓰던 김종삼은 이 시의 어법이 자신의 개성을 제대로 살리지 못했다고 생각했는지 모른다. 5학년 1반 아이가 화자로 설정되어 있어서 전체적으로 소박한 화법으로 서술되는 작품이다. 지극히 일상적인 차원에서 형성된 소박한 인정의 세계를 그려낸 작품이다. 그러나 평범한 서술과 단순한 비유가 오히려 시의 감동을 고취한다. 김종삼은 어린애의 순박한 화법으로 때 묻지 않은 삶의 단면을 그대로 펼쳐 보인다. 여기에는 압축의 어법이나 환상의 비약이 없다.

어린애는 보이는 것만을 서술하기 때문에 언급되지 않은 배면의 정황이 오히려 상상을 자극하여 새로운 의미를 창출한다. 가령 "오랜만에 즐거운 날입니다"라는 구절은 즐거운 날이 많지 않았음을 암시하며, "아까부터 남의 밭에서 품팔이하는 제 어머니"라는 구절은 아들의 운동회 날에도 어머니가 남의 밭에서 품팔이를 해야 될 정도로 어려운 형편임을 드러낸다. "먹을 것을 옮겨 놓는 어머니의 손은 남들과 같이 즐거워 약간 떨리고 있습니다"라고 했는데, 이것은 어린애의 마음이 담긴 서술이고, 실제로는 준비해 온 음식이 너무 초라하다고 느낀 어머니의 손이 떨렸을 것이다. 그것을 즐겁다고 인식한 어린애의 천진성이 슬픔과 기쁨이 교차하는 상황의 안타까움을 오히려 강화한다.

김종삼의 작시 원리인 명암의 대위적 구성은 이 시에서도 중요한 역할을 한다. 즐거운 운동회 날의 밝은 울림과 남의 밭에

김종삼의 시를 찾아서

서 품팔이하는 어머니의 가물거리는 모습, 어린 장님아이와 그
의 하늘을 향한 웃음, 즐거운 점심시간에 어머니가 펼친 소박한
음식, 품팔이 하던 밭의 고구마 이삭과 하나님보다 숭고하게 떠
오르는 어머니의 모습 등이 모두 명암이 교차를 이루는 항목들
이다. 이러한 교차적 구성을 통해 이 시는 소외된 약자들끼리
느끼는 공감과 사랑을 표현하고 있다. 가난의 음영은 잠시 드리
우는 어둠이고 어머니와 아이 사이에 오가는 인정의 온기는 어
둠을 압도하면서 인간의 행복과 기쁨에 대해 소중한 깨달음을
갖게 한다. 더 나아가 인간이란 무엇이며 인간이란 어떻게 살아
야 하는가에 대해 곰곰 생각하게 한다.

　이 시의 전 과정을 통해 우리는 인간이란 본래 이렇게 아름
답고 순결한 존재이며, 가난 속에서 인정은 오히려 고귀하게 빛
을 발할 수 있다는 사실을 발견하게 된다. 그는 가난하지만 어
질게 살아가는 사람들이 보여 주는 인정의 아름다움을 통해 현
실의 고통이 극복될 수 있다는 사실을 보여 주었다. 그 또한 이
것으로 하여 자신의 힘겨운 삶을 이겨낼 수 있었을 것이다. 그
는 상상의 힘을 통해 인정에 바탕을 두고 다음과 같은 소망을
노래했다.

　내가 많은 돈이 되어서
　선량하고 가난한 사람들을 위해 맘 놓고 살아갈 수 있는
　터전을 마련해 주리니

내가 처음 일으키는 미풍이 되어서

내가 불멸의 평화가 되어서

내가 天使가 되어서 아름다운 음악만을 싣고 가리니

내가 자비스런 신부가 되어서

그들을 한 번씩 방문하리니

　　　　　　_「미사에 참석한 이중섭 씨」 전문

『현대문학』(1968. 8.)에 발표되고 『본적지』와 『십이음계』에
수록되었다. 처음 발표 이후 시행의 변화가 일어나 『십이음
계』에 위의 형태로 정착되었다. 그가 생각하는 대상은 언제나
"선량하고 가난한 사람들"이다. 선량과 가난이 등식 관계를 이
루지는 않지만, 그의 관념에는 늘 이것이 붙어 있는 것으로 인
식되었다. 가난한 사람들에게 우선 필요한 것은 돈이다. 마음
놓고 살기 위한 의식주의 터전이 있어야 하기 때문이다.

　둘째 연에서는 구체적인 생활의 국면을 떠나 추상의 가치를
열거했다. 여기에 시인의 세계관이 반영되어 있다. "처음 일으
키는 미풍"은 「오월의 토끼똥·꽃」에서 본 "아지랑이의 체온"과
유사한 이미지다. 지금껏 감촉한 적이 없는 잔잔한 바람은 인간
의 원초적 순결성을 환기한다. "불멸의 평화"는 누구나가 꿈꾸
는 이상 상태를 의미하기에 새롭지 않은데, "天使"가 "아름다운
음악"을 싣고 간다는 것은 이채롭다. '天使(천사)'의 한자 표기를
그대로 남겨둔 것은 그 말의 뜻을 음미하기 위함이다.

　하느님의 심부름으로 내려온 사람이라면 그는 최고의 보물을

선사할 만한데, 그가 안겨주는 것은 돈도 아니고 미풍도 아니고 평화도 아닌 "아름다운 음악"이다. 여기 시인의 분명한 지향점이 있다. 돈과 편안함과 평화를 안겨 준 다음에는 음악의 아름다움이 필요한 것이다. 인간에게 마음 놓고 살 수 있는 터전이 마련되는 것 위에 또 하나의 가치가 있으니 그것은 심미적 인식능력, 아름다움의 향유다. 인간이 만든 것 중 가장 아름다운 것이 바로 음악이다. 이 모든 것을 충족케 한 후 "자비스런 신부"가 되어 구원의 메시지를 전한다고 했다. 종교적 구원 이전에 아름다움의 인식이 필요하다고 본 것이다.

오랜 세월이 흘러 김종삼은 유사한 생각을 다른 방식으로 표현했다. 재벌이란 말이 없던 시대에서 재벌이 등장한 시대로 넘어 오자 기원의 대상이 달라졌다.

내가 재벌이라면
메마른
양로원 뜰마다
고아원 뜰마다 푸르게 하리니
참담한 나날을 사는 그 사람들을
눈물 지우는 어린 것들을
이끌어 주리니
슬기로움을 안겨 주리니
기쁨 주리니.

　　　　　　　_「내가 재벌이라면」 전문(『한국문학』, 1980. 9.)

이 시에서 김종삼은 미풍, 평화, 천사, 신부 같은 거룩한 단어를 제쳐 놓고 당장 재벌이 되는 것을 상상했다. 베풀고자 하는 대상은 옛날과 같이 양로원과 고아원, 가난한 사람들이다. 그런데 그들에게 주려는 세목이 조금 달라졌다. 세목의 형질을 보면 김종삼의 의식이 조금 더 분명해졌음을 알 수 있다. 뜰을 푸르게 하는 것이 먼저요, 이끌어 주고 슬기로움을 안겨 주고 기쁨을 주는 것이 다음이다. 의식주의 터전은 어느 정도 갖추어진 시대이니 생계에 관한 것보다는 정신적 차원의 것을 강조했는데 음악은 고려하지 않았다.

김종삼은 우선 쾌적한 자연 환경을 제시했고 삶의 희망이 없는 그들을 이끌어 슬기로움과 기쁨을 줄 것을 제안했다. 이것은 먹고 사는 문제와는 조금 떨어진 사항들이다. 여기 등장하는 '슬기로움'은 「누군가 나에게 물었다」에도 등장하는 요소로 나이가 들면서 슬기로움이 다른 어떤 덕목보다 귀중하다는 것을 새롭게 감지한 것 같다. 재벌이라면 외롭고 가난한 사람들을 위해 쾌적한 녹색 환경을 조성하고 슬기로움과 기쁨을 줄 수 있는 방안을 모색해야 한다는 것이다. 그것이 사람이 사람답게 살 수 있는 길이라고 생각한 것이다. 1980년보다 훨씬 소득이 높아진 지금, 사회에 기부하려는 재벌들이 필수적으로 참고해야 할 작품이다.

1960년대의 작품 중 「5학년 1반」처럼 가난한 생활 속의 인정을 다룬 「이 사람을」(『현대시』 5, 1963. 12.)이라는 작품이 있다. 이 작품은 나중에 부분적으로 개작되어 「기동차가 다니던 철둑길」이라는 제목으로 『시인학교』에 수록되었다. 무언가 못 마땅

한 대목이 있어 『본적지』나 『십이음계』에 싣지 않고 나중에 수
정하여 『시인학교』에 실었을 것이다. 「기동차가 다니던 철둑길」
은 각 시선집에 수록되어 쉽게 찾아볼 수 있으니 그 작품의 첫
발표작에 해당하는 「이 사람을」을 원문 형태대로 인용해 보겠다.

할아버지 하나가 나어린 손자 하나를 다리고 살고 있었다.
할아버진 아침마다 손때묻은 작은 냄비 아침을 자미 있게 끌이
고 있었다.
날마다 신명께 감사를 들일줄 아는 이들은 그들만인것처럼
애정과 희망을 가지고 사는 이들은
그들만인것처럼
때로는 하늘 끝머리 벌판에서
아지 못할 곳에서
흘러오고 흘러가는 이들처럼
나는 며칠밤에 한번씩 집으로 돌아가는 길에 이들에 십원 하나
던저주고가는 취미를 가졌었다.
기동차가 다니는 철뚝길을 넘어가던 취미를 가졌었다.
이 들은 이 부근 외채 가마뙤기 집에서 살고 있었다.
                                            _「이 사람을」 전문


아마도 김종삼은 이 시의 끝 부분에 나오는 시혜적 행동의
어구가 마음에 들지 않아서 시집에 넣지 않았을 것이다. 「기동
차가 다니던 철둑길」에는 이 부분이 완전히 삭제되어 있다. 「5

학년 1반」이 어머니와 아들의 관계인 데 비해 「이 사람을」은 할아버지와 손자의 관계다. 가사를 맡아 볼 어머니가 없다는 점에서 더욱 딱한 처지에 놓인 사람들이다. 그런데도 할아버지는 손자를 위해 매일 아침 작은 냄비에 무언가를 정성껏 끓였다고 했다. 가난 속에서도 선량하고 행복하게 삶을 영위한 것이다. 정성을 다해 날마다 신에게 감사하며 애정과 희망을 지니고 진실하게 살았다고 했다. 세상을 사는 것이 어딘가에서 흘러와 또 어딘가로 흘러가는 일이지만 이들은 그렇게 서로를 지키며 살아갔던 것이다.

화자는 그들을 위해 작은 도움을 주는 것이 즐거운 취미라고 적었다. 그들의 선량하고 가난한 생활을 동정하는 마음을 나타낸 것이다. 그런 점에서 「5학년 1반」에 비하면 화자의 태도와 가치관이 전면에 노출되어 있다. 바로 이 점이 이 시를 감상적인 단계에 머물게 한 요인이고, 이것을 인지한 시인이 이 부분을 삭제한 것이다. 이 작품과 비교하면 「5학년 1반」은 함축성을 유지한다는 점에서 화자 설정에 성공한 작품이다. 어린이 화자 설정은 어머니의 모성적 친화감을 확보한다는 장점도 있다.


## 엄만 죽지 않는 계단

「엄마」(『현대시학』, 1971. 9.)는 가정을 이끄는 어머니의 힘을 표현한 작품이다. 이 작품은 「내일은 꼭」(『시문학』, 1977. 2.)이라

는 제목으로 일부 어구가 수정되어 재발표되었다. 이들 작품의
저변에는 어머니의 사랑이 삶의 힘으로 작용한다는 믿음이 놓
여 있다. 특이하게도 앞서 발표한 「엄마」가 뒤에 발표한 「내일
은 꼭」보다 형태가 더 정제되어 있다.[1]

아침엔 라면을 맛있게들 먹었지
엄만 장사를 잘할 줄 모르는 행상이란다

너희들 오늘도 나와 있구나 저물어 가는 산허리에

내일은 꼭 하나님의 은혜로
엄마의 지혜로 먹을 거랑 입을 거랑 가지고 오마.

엄만 죽지 않는 계단

_「엄마」 전문

　엄마가 자식들에게 건네는 어법이기에 할아버지나 아이의 말
보다 친근하고 다정스럽다. 집안일과 바깥일을 다 할 줄 아는
엄마이기에 삶을 헤쳐 가는 힘도 더 강할 것 같다. 엄마는 아침
에 라면을 끓여 놓고 행상을 나섰다. "장사를 잘할 줄 모르는
행상이란다"라는 말이 슬프게 들리는 이유는 무엇일까? 이 말은
엄마가 처음부터 장사를 한 사람이 아니라는 사실을 암시한다.
행상은 거리에서 물건을 파는 것이니 가게를 열 수 있는 형편이

못 될 때 길로 나서는 법이다. 어떤 궁박한 처지에 몰려 행상을 하는 사람이 장사를 잘할 리가 없다.

아이들은 저녁이면 집 밖에 나와 어머니를 기다린다. "산허리"라는 말로 볼 때 산동네에 사는 가족이다. 하루 종일 행상을 했으나 아이들에게 줄 것을 마련하지 못했다. 아이들에게 먹을 것과 입을 것을 가져오려면 엄마의 지혜만이 아니라 하나님의 은혜가 필요하다. 엄마는 모든 것에 미숙한 상태다. "장사를 잘할 줄 모르는 행상"이 어떻게 입을 것과 먹을 것을 얻을 수 있을 것인가? 그럼에도 불구하고 엄마가 남긴 마지막 시행은 강한 메시지를 전달한다. "엄만 죽지 않는 계단"이라니. 이처럼 엄마의 속성과 위상을 잘 나타낸 구절은 없다. 역경을 디디고 생의 가파른 길을 올라가야 하는 존재이니 "계단"이라고 했고, 어떤 상황에서도 자식들을 먹여 살려야 하니 "죽지 않는"이라고 했다. "엄만 죽지 않는 계단"은 김종삼이 창조한, 세상에 잘 알려지지 않은 명구(名句)다.

어머니의 인자한 힘에 대한 신뢰는 오랜 시간이 흘러 다음과 같은 시를 창조케 했다. 이 시는 죽음에 인접한 상태에서 감지되는 어머니의 인자한 치유력을 표현한 작품인데 세상을 떠나기 직전 발표되었다.

나는 무척 늙었다 그러므로
나는 죽음과 친근하다 유일한 벗이다
함께 다닐 때도 있었다

오늘처럼 서늘한 바람이 선들거리는
가을철에도
겨울철에도 함께 다니었다
포근한 눈송이 내리는 날이면
죽음과 더욱 친근하였다 인자하였던
어머니의 모습처럼 그리고는 찬연한
바티칸 시스틴의, 한 벽화처럼.

_「전정(前程)」 전문(『문학사상』, 1984. 11.)

　자신이 무척 늙었다고 말했으나 이때 그의 나이 63세다. 그
러나 일생을 방랑과 병고에 시달린 이 실향의 난민은 육체적으
로 무척 늙어 죽음과 벗을 삼을 나이라고 했다. 이 작품 뒤에
붙은 시인의 말에 "익어가는 가을 햇볕 속에 작고한 선배님들이
반갑게 아른거린다"라는 구절이 있다. 슬프고도 아름다운 문장
이다. "익어가는"이라는 말은 자신이 죽음에 다가가는 것을 일
종의 삶의 완성이라고 여기고 있음을 암시한다. "반갑게"라는
말은 죽음의 두려움에서 벗어나 그야말로 죽음의 벗이 되어 있
음을 알려 준다. 죽음은 서늘한 바람이나 포근한 눈송이처럼 친
근하고 아름다운 정경으로 다가와 그의 벗이 된다.
　이렇게 되는 데 중요한 역할을 한 존재가 어머니다. "인자하
였던 어머니의 모습"이 그에게 그런 안식의 능력을 주었다. 그
는 어머니의 인자한 모습을 "바티칸 시스틴의, 한 벽화"와 동일
화했다. 미켈란젤로를 위시하여 많은 예술가들이 장식한 바티

칸 시스티나 성당의 벽화 중 어떤 것을 지칭했는지 알 수 없으나 짐작컨대 성모 마리아의 성스러운 형상을 염두에 두었을 것이다. 어머니가 인간의 고통을 감싸 안는 성모 마리아의 형상으로 승화된 것이다. 그 영상이 그를 죽음의 불안에서 구원하여 아늑하고 친근한 지평으로 안내한다. 그는 어머니의 손길로 구원받은 것이다.

어머니의 웃음은 다음 시에서 장님의 착한 웃음으로 변형되어 나타난다.

장님들은 언제나 착하게 보이었다
가파른 계단을 올라가면서도
지팡이와 함께 하늘을 향해 웃음 짓는다

가파른 계단을 조심스럽게
내려오면서도 지팡이와 함께
하늘을 향해 웃음 짓는다.

_「장님」 전문(『문예중앙』, 1982년 여름호)

「5학년 1반」에 배경 인물로 등장했던 장님이 여기서는 주인공으로 등장했다. 장님이라고 무조건 착하게 볼 수는 없겠지만 시인이 인식한 착함의 기준은 그들의 웃음이다. 실제로 장님들을 관찰해 보면 웃음을 잘 짓는 것을 볼 수 있다. 특히 어려운 일을 해 냈을 때 그들은 어김없이 웃음을 짓는다. 어려운 일을 해 냈다는 안도감이 얼굴에 웃음으로 피어나는 것이리라. 여기서는 어려운 일이 가파른 계단을 올라가는 일과 가파른 계단을 내려오는 일로 제시되었다. 지팡이에 의존하여 가파른 계단을 오르내리면서도 장님은 고통스러워하는 것이 아니라 하늘을 향해 웃음을 짓는다.

"지팡이와 함께"라고 한 것은 장님을 가파른 계단에서 잘 지켜준 지팡이와의 동질감을 표현한 것이고, "하늘을 향해"를 넣은 것은 지상의 일을 관장하는 하늘에 고마워한다는 뜻을 담은 것 같다. 하늘에는 청징한 공간의 의미도 포함되어 있을 것이다. 착한 장님과 직통하는 대상이 하늘이라고 본 것이다. "가파른 계단"은 우리들이 살아가는 삶의 행로를 연상시킨다. 우리들이 세상을 살아가다 어떤 난관에 부딪쳤을 때 하늘을 향해 웃음지은 일이 있는가. 모든 것을 구비한 우리들은 상을 찡그리는데 앞을 못 보는 장님은 오히려 웃음을 짓는다. 그러니 그들이 "언제나 착하게 보이"는 것은 당연한 일이다. 이것은 고통을 받아들이는 인간의 자세에 대한 표현이다.


## 고귀한 인정

「장편」(『시문학』, 1975. 9.)은 조선총독부 시절 거지 장님 부모를 이끌고 와 십 전짜리 동전 두 개를 내밀며 부모의 생일 밥상을 주문한 거지 소녀 이야기를 다룬 것이다. 극빈자들이 살았던 청계천변에 있는 십 전 균일의 밥집이니 허름하기 이를 데 없었을 것이다. 그러나 거지 소녀에게는 십 전짜리 동 전 두 개가 적지 않은 돈이었을 것이다. 거지 소녀가 어버이를 위해 그 돈을 구하고 태연히 밥상을 주문한 모습이 대견스럽게 느껴진다. 김종삼은 이 일화를 간단히 압축하여 한 편의 시를 엮었다. 그 안에 담겨 있는 가난한 가족의 사랑, 고통의 일상 속에 피어난 인정의 고귀함을 전달하고 싶었던 것이다.

가난 속에 시들지 않고 꽃을 피워 세상을 밝히는 인정의 고귀함에 대해 가장 분명하게 표현한 작품은 「앞날을 위하여」다. 남편에게 가망이 없다는 통보를 받았지만 돈이 아무리 들어도 남편의 산소 호흡기를 떼어서는 안 된다고 말하는 가난한 아낙네의 모습을 담담히 서술한 작품이다.

나는 입원하여도 곧 죽을 줄 알았다.
십여 일 여러 갈래의 사경을 헤매이다가 살아나 있었다.
현기증이 심했다.
마실을 다니기 시작했다.
시체실 주위를 배회하거나
죽어가는 사람의 침대 옆에 가 죽어가는 얼굴을 들여다보다가
긴 복도를 왔다 갔다 하였다.
특별치료 병동 중환자 보호자 대기실에 놀러가곤 했다.
시체실로 직결된 후문 옆에 있었다.
중환자실 후문인 철문이 덜커덩 소릴 내이며 열리면 모두 후다

닥 몰려 나가는 곳이 중환자 보호자 대기실이었다.

한 아낙과 어린것을 안은 여인이 나를 유심히 보고 있었다. 나는 냉큼 손짓으로 인사하였다.

그들은 차츰 웃음을 짓고 있었다. 말벗이 되었다.

그인 살아나야만 한다고 하였고 오래된 저혈압인데 친구분들과 술추렴하다가 쓰러졌다.

산소호흡 마스크를 입에 댄 채 이틀이 지나며 산소 호흡기 사용료는 한 시간에 오천 원이며 보증금은 삼만 원 들여놓았다며

팔려고 내놓은 판잣집이 팔리더라도 진료비 절반도 못 된다며, 살아나 주기만 바란다고 하였다.

나는 그들을 만날 때마다 반겼다 그들도 나를 그랬다.

십구 일 동안이나 의식불명이 되었다가 살아난 사람도 있는데 뭘 그러느냐고 큰소리치면 그들은 그저 만면에 즐거운 미소를 지었다.

며칠이 지난 새벽녘이었다.

아래층으로 내려가는 좁은 계단을 내려가고 있을 때, 어둠한 계단 벽에 기대고 앉아 잠든 아낙이 낯익었다.

가망이 없다는 통고를 받았다는 것이다.

그이가 생존할 때까지 돈이 아무리 들어도

그이에게서 산소 호흡기를 떼어서는 안 된다고 조용히 조용히 말하고 있었다.

되풀이하여 조용히 조용히 말하고 있었다.

_「앞날을 향하여」 전문(『심상』, 1978. 8.)

마지막 부분에 조용히 말한다는 사실을 되풀이해서 적은 것이 인상적이다. 그만큼 시인은 여인의 조용한 어투에서 무엇보다 강한 의지를 읽은 것이다. 이 시는 설명이 필요 없을 정도로 쉬운 내용으로 되어 있다. 조금의 꾸밈도 없고 수사도 없다. 그런데도 어떤 화려한 표현보다 감동을 준다.

시인은 심각한 병이 도져 입원하여 사경을 헤매다 살아났다. 중환자 보호자실에서 어린 것을 안은 여인과 말벗이 되었다. 그 여인의 남편은 산소 호흡기로 연명하고 있으며 그녀는 남편의 치료비에 쓰려고 그들이 살던 판잣집을 내놓았으나 그것이 팔려도 치료비의 절반밖에 안된다고 말한다. 그래도 살아나 주기만을 바란다고 말했다. 며칠 후 여인을 다시 만났을 때 여인은 남편에게 가망이 없다는 통보를 받았지만 산소 호흡기를 뗄 수는 없다고 되풀이해서 조용히 말한다. 시인은 조용히 말하는 여인의 태도에서 그 내면에 담긴 힘과 아름다움을 본 것이고 그것을 그대로 시로 옮겼다.

「어부」(『시문학』, 1975. 9.)에 나오는 "살아온 기적이 살아갈 기적이 된다"는 구절의 의미를 우리는 여기서 다시 한 번 음미하게 된다. 고통의 삶을 헤쳐 온 사람만이 진정한 기쁨을 발견할 수 있고 진짜 희망을 기다릴 수 있는 것이다. 이러한 여인의 태도에 자극을 받아 그도 다음처럼 생의 의지를 되찾았는지도 모른다. 스스로 선택한 죽음의 길에서 깨어난 후 삶의 의욕을 되찾는 결말 부분이다.

김종삼의 시를 찾아서

자동차 발동 거는 소리가 들렸다
갑자기 아무거나 먹고 싶어졌다
닥치는 대로 먹었다
아침이다
이틀 만에 깨어난 것이다
고되인 걸음이 시작되었다
앞으로 앞으로

_「아침」 부분(『문학사상』, 1979. 6.)

이 시의 마지막 시행이 "앞으로 앞으로"인 것도 「앞날을 향하여」와의 연관성을 시사해 준다. 그는 죽음의 인접 지대에서 간신히 소생하여 삶의 의지를 다시 찾고 평화에 대한 소망을 가슴에 품는다. 가파른 계단을 오르며 고통 속에 희망의 샘물을 찾는 그의 의지가 눈물겹다.

소년기에 노닐던
그 동둑 아래
호숫가에서
고요의
피아노 소리가
지금도 들리다가 그친다

사이를 두었다가

먼 사이를 두었다가
뜸북이던
뜸부기 소리도
지금도 들리다가 그친다
나는 나에게 말한다
죽으면 먼저 그곳으로 가라고.

_「글짓기」 전문(『심상』, 1980. 5.)

"죽으면 먼저 그곳으로 가라고"라는 마지막 시행은 가슴 아프
지만 조용하고 아름다운 정경이 펼쳐주는 평화를 소망하는 마
음이 절실하게 다가온다. 어린 시절에 고요한 호숫가에 울리던
희미한 피아노 소리, 멈췄는가 하면 다시 들리던 뜸부기 소리
속에 그는 살고 싶었다. 그 외에 그가 바란 것은 별로 없었지만,
실향의 낙백의 영혼에게는 그마저도 허락되지 않았다.


## 아름다움의 깊은 뿌리

그는 건강을 조금 회복한 후 그러한 소망을 다시 다음과 같이
노래했다. 두 편 다 음악과 관련되어 있고, 가난하거나 불행한
사람이 등장하며, 아름다움의 깊이에서 평화를 간직하려는 소
망을 담고 있다. 그 중 한 편은 세상 떠나기 몇 달 전의 작품이
라 더욱 가슴이 아프다.

김종삼의 시를 찾아서

누구나 살아가고 있음이 즐겁기만 하다
껌 팔러 다니는 꼬부랑 할머니도
살아가고 있음이 마냥 즐겁기만 하다
열 며칠 전 내가 누운 병실 천정과
복도와 시체실에선 내 죽음의 짙은 냄새가 퍼지고 있었다
나는 지금 달리는 차량 속에 앉아 있다
남산도서관 앞을 지나고 있다
요한 S의 칸타타가 듣고 싶구나.
　_「나무의 무리도 슬기롭다」 전문(『세계의 문학』, 1983년 여름호)


모짜르트의 플룻과 하프를 위한 협주곡은
단순한 아름다움의 극치였을까
무슨 말이 담겨져 있을까
분명, 담겨져 있을까
그 아름다움의 깊은 뿌리는
아름다운 동산의 설정이었을까
모든 신비의 벗이었을까
그 아름다움의 깊은 뿌리는
불행한 이들을 위해 생겨났을까
　_「아름다움의 깊은 뿌리」 전문(『세계의 문학』, 1984년 가을호)


　이 두 편은 전집에 수록되지 않았다. 민음사에서 『누군가 나
에게 물었다』(1982)를 낸 후 민음사에서 간행하는 『세계의 문

학』에 작품을 몇 편 발표했는데 그 작품들이 전집에 수용되지 못했다. 「나무의 무리도 슬기롭다」는 제목과 내용이 부합하지 않는 것 같지만, 남산도서관 앞을 지난다고 했으니 많은 나무를 보았을 것이고, 나무는 생명 전체를 상징하는 것이니, 그런 관점에서 읽으면 이 시의 깊은 뜻을 음미할 수 있다.

"죽음의 짙은 냄새"를 풍기던 사람이 "누구나 살아가고 있음이 즐겁기만 하다"고 말한 것이 이채롭다. 죽음에서 소생한 것이 무척 즐거웠던 것일까? 삶의 의욕을 되찾은 것 같아 우리들의 마음도 넉넉해진다. 가난한 인물로 "껌 팔러 다니는 꼬부랑 할머니"를 등장시킨 것은 김종삼의 오랜 관행이다. 그는 가난한 소녀, 가난한 노파에게 관심을 보였다. 삶의 의욕은 음악의 아름다움과 연결된다. 인간다운 아름다움의 깊이를 보여주는 것이 음악이기 때문이다. "요한 S"는 요한 세바스찬 바흐를 가리킨다. 바흐의 집안에 음악가가 많기 때문에 구분해 부를 때에는 세바스찬을 넣는다. 바흐라는 성보다 요한 세바스찬이라는 이름을 넣은 것은 친근감의 표현일 것이다. 남산 숲길을 버스를 타고 종단하니 바흐의 경건한 성악곡이 듣고 싶었을 것이다.

「아름다움의 깊은 뿌리」는 모차르트의 협주곡을 제시했다. 높은 음역이 가능한 플루트와 저음의 공명음을 내는 하프가 조화를 이룬 모차르트의 협주곡은 22세 때 작곡한 것으로 알려져 있는데 밝고 경쾌하고 화사한 곡조로 유명하다. 시인은 그 곡에 단순한 아름다움 외에 어떤 의미가 담겨 있는지 궁금해 한다. "분명, 담겨져 있을까"라는 시행에는 의미가 담겨 있다는 확신과 담겨진 의미를 알고 싶어 하는 호기심이 복합되어 있다. "아름다운 동산"이나 "신비의 벗"을 넘어서는 또 다른 깊은 메시지. 그것은 마지막 시행에 담긴 그 의미였을 것이다. "불행한 이들을 위해 생겨났을까"라는 의미. 이 구절은 불행과 전혀 관련이 없어 보이는 모차르트의 청아한 악곡이 오히려 불행한 사람들에게 위안을 줌을 말한 것이다. 그 자신도 병고와 죽음의 불행에서 이 곡을 듣고 아름다움의 깊은 뿌리를 만나고 위안을 얻었을 것이다.

이처럼 김종삼은 종교적 경건성과 음악의 아름다움으로 자신의 고통을 달래고, 평화의 소망과 인정의 아름다움으로 힘든 세상의 길을 걸어갔다.

# 8 진정한 시인의 길

## 인간을 위한 물 몇 통

김종삼의 시 「물통」은 『본적지』와 『십이음계』에 수록되어 있다. 이 작품의 원형은 『현대시』 1호(1962. 6.)에 발표한 「구고(舊稿)」라는 작품이다. 전에 써 둔 원고라는 뜻으로 '舊稿(구고)'라고 표시했던 것이 제목으로 오인되어 발표되었을 것이다. 『현대시』 1호를 창간 편집한 사람은 전봉건인데 급히 원고를 구하다 보니 김종삼의 초고 상태의 원고를 실은 것 같다. 이 지면에 「초상(肖像)·실종(失踪)」이라는 작품도 함께 발표되었는데, 이 작품도 시집에 수록되지 않았다.[1] 참고를 위해 「구고」를 원문 그대로 인용한다.

머나 먼 廣野의 한 복판

야튼

하늘 밑으로
영롱한 날빛으로
하여금 따우엔

희미한
風琴 소리만이
툭툭 끊어지고
있었다.

그 동안 무엇을 하였느냐는
물음에 대해

다름 아닌 人間을 찾아다니며
물 몇桶 길어다 준 일밖에 없다고

머나 먼 廣野의 한 복판
야튼
하늘 밑으로
영롱한 날빛으로
하여금 따우에선

_「구고」 전문

이 시의 1연은 처음에는 앞에 있다가 퇴고할 때 뒤로 옮겼는

김종삼의 시를 찾아서

데, 초고에 그대로 남아 있다가 이렇게 앞과 뒤에 동일하게 배치된 형태로 게재된 것 같다. 1연에 "하여금 따우엔"으로 된 것이 끝 연에 "하여금 따우에선"으로 수정된 것을 보면 그런 사정을 짐작할 수 있다. 『본적지』에는 위의 형태처럼 행이 구분되어 수록되었는데, 『십이음계』에는 행이 이어진 상태로 수록되었다. 그 후의 시전집들이 『십이음계』 수록본 형태를 따르고 있으므로 이것을 정본으로 삼는다.

　　희미한
　　풍금 소리가
　　툭툭 끊어지고
　　있었다

　　그 동안 무엇을 하였느냐는 물음에 대해

　　다름 아닌 人間을 찾아다니며 물 몇 통 길어다 준 일밖에 없다고

　　머나먼 廣野의 한 복판 얇은
　　하늘 밑으로
　　영롱한 날빛으로
　　하여금 따 우에선

　　　　　　　　　　　　　　　　　　　　　_「물통」 전문

어디선가 풍금 소리가 들리는데, 그것은 「글짓기」에 나온 피아노 소리처럼 희미하고 끊어짐이 있다. 그것은 온전하지 않은 평화의 메시지 같다. 4연에 나오는 "얕은 하늘"과 "영롱한 날빛"은 긍정적인 느낌을 전달한다. 하늘 아래 펼쳐진 것은 "머나먼 광야"지만 나지막한 하늘과 영롱한 날빛이 보이는 것은 다행스러운 일이다. 마지막 행의 "하여금 따 우에선"은, 의미의 맥락으로 볼 때, 앞의 두 연에 이어지는 것 같은 느낌을 준다. 즉 영롱한 날빛으로 하여금 땅 위에선 무엇을 하였느냐는 물음을 던지자 인간을 찾아다니며 물 몇 통 길어다 준 일을 했다고 대답했다는 뜻으로 읽힌다.

여기서 "人間(인간)"은 특별한 의미를 지닌 것 같다. 그것은 인간 세상이라는 의미를 나타내는 동시에 평범한 사람이 아니라 인간다운 인간을 의미하는 것으로 읽힌다. 즉 인간 세상에서 인간다운 인간을 찾아다니며 물 몇 통을 길어다 주었다는 것이다. 김종삼의 경우 그것은 시 쓰는 일이다. 방송국에서 음악을 틀어준 것을 가지고 그렇게 표현했을 리는 없다. 이 시를 쓸 당시에 그는 자신의 시에 대해 어느 정도 자부심을 갖고 있었던 것이다.

이 시가 1962년 발표작이라는 것은 주목을 요한다. 이 시기 그의 작품은 의미 파악이 쉽지 않은데 이 작품은 비교적 명확한 의미를 드러내고 있다. 김종삼은 우회적인 어법을 즐겨 사용해서 자신의 속뜻이 직접적으로 노출되는 것을 경계했다. 1연과 4연은 그가 즐겨 사용한 은폐의 어법으로 되어 있는데, 그 사이에 배치된 2연과 3연은 자신의 메시지를 상당히 직접적으로 드

김종삼의 시를 찾아서

러냈다. 특히 "人間을 찾아다니며"라는 구절은 윤리의식에 바탕을 둔 적극적인 행동을 나타내기 때문에 주목할 만하다.

그의 산문 「이 공백을」(『52인 시집』, 1967)에서는 추락한 비행기 조종사의 잔등에 붙은 불을 꺼 주는 장면을 상상했는데, "人間을 찾아다니며"에 담긴 메시지는 그것보다 훨씬 크고 강하다. 인간을 찾아다니며 물 몇 통 길어다 준 일이 곧 시 쓰기라면 그것은 대단히 적극적인 사랑의 실천이다. 결혼을 하고 가정을 꾸려 정상적인 직장 생활을 할 때 그는 시 쓰는 일을 헌신적인 사랑의 행위로 인식하고 있었던 것이다. 이 의식은 술에 탐닉한 자조와 방랑의 세월 속에서도 그의 시에 그대로 잠복해 있었다.

## 나의 직업은 시가 못 된다

「구고」로부터 10년쯤 지난 후 그는 「올페」를 발표했다. '올페'가 제목에 들어간 작품이 네 편 있는데, 그 중 가장 잘 알려진 작품이다.

올페는 죽을 때
나의 직업은 시라고 하였다
후세 사람들이 만든 얘기다

나는 죽어서도

나의 직업은 시가 못 된다

우주복처럼 月숨에 둥둥 떠 있다
귀환 시각 미정

_「올페」 전문(『심상』, 1973. 12.)

올페는 그리스 신화의 오르페우스로 하프의 명인이다. 그는
죽은 아내를 구하기 위해 하프를 방패로 삼아 저승에 다녀오는
행적을 보여 사랑의 헌신자로 알려져 있다. 음악과 사랑의 요소
가 결합되어 후세에 시인의 아이콘으로 전해졌다. 그 올페가 죽
을 때 자신의 직업이 시라고 했다는 얘기는 화자의 언급대로 후
세 사람들, 어쩌면 시인 자신이 만든 얘기일 것이다. 그것을 서
두에 언급한 것은 자신이 하고 싶은 말을 전하기 위해서다. "나
는 죽어서도/ 나의 직업은 시가 못 된다"가 그것이다. 누군가는
시에 일생을 바쳐 시가 직업이라고 말할 수 있겠지만 자신은 죽
을 때까지 노력해도 시인이 못 된다는 고백이다. 이러한 자기
부정의 화법을 그는 말년까지 이어 갔다.

마지막 연은 시를 직업으로 갖지 못한 자신의 어정쩡한 상태
를 무중력 상태로 둥둥 떠 있는 우주인에 비유했다. 죽은 것도
아니고 산 것도 아닌, 무중력의 공백 지대에 둥둥 떠서 돌아올
줄 모르는 미지의 존재가 자기 자신이라는 것이다. 그러나 귀
환 시각 미정인 우주복 차림의 미아는 시인을 유보한 상태로
떠 있지만 시인을 부정할 수는 없는 존재다. 언젠가는 시의 자

리로 귀환할 수밖에 없는 존재다. "그 동안 무엇을 하였느냐는 물음에 대해" 답변을 해야 할 존재이기 때문이다. 시가 직업이라는 생각을 하건 안 하건 시를 계속 쓰는 이상 우주복을 벗고 돌아와야 한다. 그 귀환의 각성이 다음과 같은 시를 낳게 했을 것이다.

담배 붙이고 난 성냥개비 불이 꺼지지 않는다 불어도 흔들어도 꺼지지 않는다 손가락에서 떨어지지도 않는다.
새벽이 되어서 꺼졌다.
이 시각까지 무엇을 하며 살아왔느냐다 무엇 하나 변변히 한 것도 없다.
오늘은 찾아가보리라
死海로 향한
아담橋를 지나

거기서 몇 줄의 글을 감지하리라

遼然한 유카리나무 하나.
_「시작 노우트」 전문(『현대문학』, 1978. 9.)


첫 행에 나오는 꺼지지 않는 불은 꺼지지 않는 창작의 의욕을 암시한다. 새벽까지 창작에 몰두하다가 겨우 한 편의 시를 완성한 것이다. 창작의 불씨가 가라앉은 새벽에 화자는 자기반성을 한다. 그 반성의 의미는 「올페」에 연결되지 않고 「물통」에 연결된다. "무엇을 하며 살아왔느냐"는 질문은 "그 동안 무엇을 하였느냐는 물음"과 같다. "죽어서도 나의 직업은 시가 못 된다"는 부정적 자세는 일단 이 질문에서 배제된다. 새벽의 창작에 힘을 얻어선지 그는 자신이 할 일을 분명히 제시한다. "死海로 향한/ 아담橋를 지나" 몇 줄의 글을 감지해 보겠다는 것이다. "死海(사해)"가 죽음의 바다라면 "아담橋(교)"는 '아담'이 인류의 시초라는 점에서 원초적인 생명의 다리로 해석할 수 있을 것이다. 언젠가는 죽음에 이르겠지만 생명의 다리를 건너 어떤 궁극의 지점에서 몇 줄의 글을 감지해 보겠다는 뜻을 내세웠다.

이 말은 간단히 말해서 죽을 때까지 열심히 써서 결실을 얻겠다는 뜻이다. 그 결실은 "遼然한 유카리나무 하나"로 집약된다. 그는 의도적으로 "감지"와 "遼然한"이라는 말을 썼다. 창작의 끝판에서 몇 줄의 글을 손으로 만지고 마음으로 느낄 때 비로소 자신이 원하는 지점에 도달한다는 뜻이다. '遼然(요연)'의 '遼'는 분명하다는 뜻이 아니라 멀다는 뜻이다. '유칼리나무'는 백 미터 이상 자라는 진초록의 상록 교목이다. 싱싱한 초록빛의 높은 나무가 보이기는 하는데 그것은 멀고 아득한 형상으로 떠오른다는 것이다. 이것은 창작의 결실이 쉽게 다가오는 것이 아니라는 사실을 의미한다. 여하튼 "人間을 찾아다니며 물 몇 통 길어다 준 일"이 여기서는 "遼然한 유카리나무 하나"로 바뀐 것을 알수 있다. 타자에 대한 시혜적 자세가 자신을 구원하는 정화의 이미지로 바뀐 것이다.

## 나의 직장은 시

다음의 작품은 자기 구원의 정화가 더욱 발전되어 치열한 창작의 의지로 전환된 모습을 보여준다.

그렇다
非詩일지라도 나의 직장은 詩이다.

나는 진눈깨비 날리는 질짝한 주변이고
가동 중인
夜間 鍛造 工廠.

깊어가리만치 깊어가는 欠谷.

_「제작」 전문(『현대문학』, 1981. 10.)

스스로 자신의 시는 시가 아니라고 말한 시인이 "그렇다"라는 강한 긍정의 어사와 함께 "나의 직장은 詩"라고 선언하는 것은 이채로운 일이다. "나의 직업은 시가 못 된다"고 한 「올페」로부터 8년의 세월이 흘렀다. 그는 둥둥 떠 있던 우주의 무중력 상태에서 시인의 자리로 분명히 귀환한 것이다. 그 직장은 비록 진눈깨비 날리는 질척한 변두리에 있지만 밤에도 쉬지 않고 철물을 만들어내는 공장이다. '단조(鍛造)', '공창(工廠)' 등의 용어는 무겁고 험한 철물을 다루는 작업장의 용어다.

여기 나오는 "欠谷"은, '흠곡'이라고 읽어야 할까, '결곡'이라고 읽어야 할까? 전집에 수록되지 않은 「제작」(『신풍토』, 1959. 6.)이 따로 있는데, 작품의 내용은 위의 시와 관련이 없지만 유사한 구절이 나온다. "夜間 鍛造工廠"이라는 구절도 나오고 "나리면 쌓이는 진눈깨비가 부질이 없는 깊어지리만치 깊어가던 欠谷"이라는 구절도 나온다. 앞에 "헤어날 수 없는 심연"이라는 구절이 있는 것으로 보아 "欠谷"은 깊은 계곡이라는 뜻으로 파악된다. '欠'은 '缺'의 약자로 쓰여 '결'로도 읽고, 모자란다는 뜻의 '흠'으로도 읽힌다. 여기서 '깊이 파인 계곡'의 뜻으로 보면 '缺'의 약자로 보고 '결곡'으로 읽어야 할 것이다.

요컨대 이 시행의 의미는 계속 이어지는 철야 작업을 통해 깊이 파인 계곡이 더욱 깊어지고 그만큼 시 창조의 길이 심원한 깊이로 하강한다는 뜻이다. 뜻밖에 치열하고 철저한 시정신의 분투(奮鬪)를 표현한 것이다. 그는 무력한 방랑자로 생활의 현장에서 벗어난 삶을 살았지만 그가 이루고자 한 시의 계곡은 이렇게 웅숭깊었다.

육체의 질병으로 죽음의 계곡에서 깨어난 후 그는 시의 앞날을 예감하며 창작의 고삐를 잡으려 했다.

나는 지금 살아 있다 건재하다
다시 말해
누구보다도 더 힘차게 살아가고 있다
그러나 언제 죽을지 모른다

그러므로 생각이 흩어지기 전

거기에 대비

무엇인가를 감지해 내야만 하겠다.

　　　　　　　_「전정(前程)」 전문(『신동아』, 1982. 4.)

"나는 지금 살아 있다 건재하다"라는 첫 행에는 죽음에서 소
생한 기쁨이 담겨 있다. 모처럼 생의 의욕을 다시 느낀 것이다.
"누구보다도 더 힘차게 살아가고 있다"는 생의 의욕을 과장되게
표현한 것이다. 만성 간경변을 앓는 그에게 힘차게 살아가는 일
은 기대하기 어렵다. 그 다음에 이어진 "언제 죽을지 모른다"는
말이 그의 상태를 정확히 지시하고 있다. 그러나 전후의 문맥에
서 무언가 새로운 것을 해 내고 싶어 하는 그의 심정만은 이해
할 수 있다.

죽음이 멀지 않은 것 같으나 무언가를 이룩하고 싶을 때 조바
심이 온다. 그 조바심은 다시 좌절을 안길 것이다. 소망과 실행
과 좌절로 이어진 생의 과정이 그를 다시 음주 탐닉으로 몰아갔
을 것이다. 그 과정을 잘 알고 있는 듯 시인은 "생각이 흩어지기
전"이라는 말을 썼다. 자신에 대해 이미 잘 알고 있는 시인이기
에 "거기에 대비/ 무엇인가를 감지해 내야만 하겠다"고 썼다.
무엇을 감지해 내겠는가? 그가 할 수 있는 것은 시 쓰는 일밖에
없다. 그는 시를 써야 했다. 그의 생이 언제까지 지속될지 모르
지만 시 쓰는 것 외에 그가 할 일은 없다.

## 앉은뱅이 한 그루의 나무

이와 비슷한 시기에 쓴 작품에서 "진실을 찾아야겠다"는 말을 한다. 도덕적인 인생 담론을 기피하던 그가 영화감독 전창근 선생을 내세워 진실에 대해 이야기하고 있다.

조금이라도 진실을 찾아야겠다
전창근 선생님은
이 나라에서 진실을 찾으시던
唯一의
巨人이었습니다
저만 알고 있습니다

_「전창근 선생님」 전문(『문예중앙』, 1982년 여름호)

그가 이 나라에서 진실을 찾던 유일한 거인으로 거명한 전창근은 누구인가? 그는 일제강점기에 영화계에 투신하여 상해에서 중국인으로 가장하여 영화 활동을 벌였으며 상해가 일본군 수중에 들어가자 귀국하여 국책 영화 「복지만리」를 감독했는데 배일사상이 담겨 있다는 이유로 옥고를 치르기도 했다. 해방 후에는 민족주의적 기풍이 뚜렷한 「자유만세」, 「고종황제와 의사 안중근」, 「아아, 백범 김구 선생」 등의 각본, 제작, 연출을 맡았다.
김종삼은 특이하게 전창근을 예찬하며 그가 유일의 거인이라는 사실은 "저만 알고 있"다고 했다. 그가 특정 인물을 예찬한 것도 아주 드문 일이며 이유를 이야기하지 않고 저만 알고 있다고 한 것도 특이한 일이다. 김종삼은 영화나 연극의 음악을 맡아 제작에 관여했기 때문에 전창근 감독과도 함께 활동했을 것이다. 그때 어떤 일로 전창근에게 감동을 받고 진실을 추구하는 거인이라는 인상을 깊이 받았을 것이다. 그러나 구체적인 이유를 밝히지 않았으니 김종삼이 무엇을 진실의 추구라고 보았는지 알 길이 없다.

다만 "이 나라에서 진실을 찾으시던"이라는 구절로 보아 그것이 개인적인 이유가 아님을 짐작할 수 있고, 스스로 "진실을 찾아야겠다"고 말한 것으로 보아 사람들에게 전창근의 진실이 알려지기를 바란 것을 알 수 있다. 그런 그가 나라의 진실에 해당하는 장점에 대해 왜 "저만 알고 있습니다"라고 유보적인 자세를 취했는지 아쉬운 일이다. 여하튼 진실을 찾겠다는 자세를 취하고 그것을 시로 썼으니 거짓과 타협하지 않고 시에서 진실을 추구한다는 결의로 읽어도 좋을 것이다.

한 골짜기에서
앉은뱅이 한 그루의 나무를
보았다.
잎새들은 풍성하였고
색채 또한 찬연하였다.
인간의 생명은 잠깐이라지만
_「한 골짜기에서」 전문(『세계의 문학』, 1982년 여름호)

이 시는 길이가 짧지만 '앉은뱅이 한 그루 나무'의 상징성과 마지막 시행의 암시적 기능에 의해 그야말로 풍성한 의미를 자아낸다. "앉은뱅이 한 그루의 나무"는 시인 자신을 가리키는 것 같기도 하고 우리들의 삶을 비유한 것 같기도 하다. 그냥 키 작은 나무를 서술한 것으로 읽어도 좋을 것이다. 나무는 키가 작아도 풍성하고 찬연한 잎을 피우는 경우가 많기 때문이다.

이 시가 풍부한 의미를 갖게 되는 것은 "인간의 생명은 잠깐이라지만"이라는 마지막 시행 때문이다. 마지막 시행을 빼고 읽으면 이 시는 그냥 평범한 줄글이 되어 버린다. "한 골짜기에서 앉은뱅이처럼 나지막한 한 그루 나무를 보았다. 모양은 작아도 잎새가 풍성했고 색채 또한 찬연했다." 이런 내용이라면 여기서 복합적인 연상을 일으키기는 어려웠을 것이다. 이 짧은 산문을 시로 만드는 것은 온전히 마지막 시행의 힘이다. 마지막 시행에 의해 이 글은 빛나는 시의 윤기를 지니게 된다. "인간의 생명은 잠깐이라지만"이라는 하나의 시행은 앞에 서술된 말의 구문에 여러 가지 다채로운 문양을 새겨 넣는다.

연상되는 의미를 자유롭게 떠올려 보자. 앉은뱅이 한 그루의 나무는 비록 작아도 풍성한 잎새와 찬연한 색채를 보여주지만 인간은 그렇지 못한 존재여서 아쉽다는 뜻일까? 인간의 생명은 잠깐이지만 그래도 작은 나무에서 풍성한 잎새와 찬연한 색채를 바라보는 순간은 아늑하고 감미롭다는 뜻인가? 인간의 생명은 잠깐이라는데 그렇게 짧은 시간을 살아도 저 나무처럼 풍성한 잎새와 찬연한 색채를 보여줄 수는 없을까? 우리는 여러 가

김종삼의 시를 찾아서

지 생각을 할 수 있을 터인데, 그러한 사유의 연쇄를 촉발해 주는 장치가 바로 마지막 시행이다. 그런 의미에서 이 마지막 시행은 앉은뱅이 나무처럼 짧지만 매우 힘이 센 시행이다. 풍성한 잎새와 찬연한 색채를 감추고 있다.

이 시에 나오는 앉은뱅이 한 그루 나무는 병고와 가난 속에 살았던 김종삼 자신을 나타내는 것 같다. 그는 짧은 생애 속에 풍성한 잎새와 찬연한 색채를 지닌 시의 아름다움을 우리에게 펼쳐 보였다. 김종삼은 앉은뱅이 나무를 자신의 분신으로 바라보며 얼마 남지 않는 삶의 시간 속에 풍성한 잎새와 찬연한 색채의 시 묶음을 빚어내기를 소망했던 것일까? 그렇다면 이 시행은 자신의 시에 대해 매우 긍정적인 각성의 의미를 담고 있는 구절이기도 하다.

그러한 시에 대한 각성은 『누군가 나에게 물었다』의 표제작인 다음 시에 이어진다.


누군가 나에게 물었다. 시가 뭐냐고
나는 시인이 못되므로 잘 모른다고 대답하였다.
무교동과 종로와 명동과 남산과
서울역 앞을 걸었다.
저녁녘 남대문 시장 안에서
빈대떡을 먹을 때 생각나고 있었다.
그런 사람들이
엄청난 고생 되어도

순하고 명랑하고 맘 좋고 인정이
있으므로 슬기롭게 사는 사람들이
그런 사람들이
이 세상에서 알파이고
고귀한 인류이고
영원한 광명이고
다름 아닌 시인이라고.
_「누군가 나에게 물었다」 전문

　언어에 세공을 가하고 의미의 가닥을 배배 꼬아서 만든 야릇한 형태의 구조물이 시라고 생각하는 사람은 이 시의 어법에 어리둥절해 할 것이다. 비유도 하나 없이 이렇게 소박하게 생각을 진술한 것이 어떻게 시가 될 수 있느냐고 의아해 할 사람도 있을 것이다. 시는 될 수 있겠지만 적어도 좋은 시는 될 수 없다고 말하는 사람도 있을 것이다. 매끄럽게 빚어진 도자기, 정교하게 짜인 수제품만을 좋은 시라고 생각하는 사람은 이 즐문토기(櫛文土器) 같은 투박함에 낯설음을 느낄 것이다. 그러나 나는 이 시를 읽을 때마다 김종삼의 순정한 마음, 그 아련한 빗살무늬가 떠올라 가슴이 메어진다. 우리 마음에 파문을 일으켜 우리를 더 높은 곳으로 고양시키는 시가 좋은 시가 아니라면 어떤 시가 좋은 시란 말인가!

　이 시를 제대로 읽으려면 김종삼의 마음의 행로에 우리의 보폭을 맞추어 현상학적 공간을 구성해야 한다. 이 시는 1982년

9월 20일에 간행된 같은 이름의 시집 맨 끝에 수록되었다. 아마도 시집을 내는 그 시점에 창작되었을 것이다. 1982년이면 시인의 나이 예순 둘. 1951년 피난길에 처음 시를 구상하여 써두었다고 했으니 시를 쓴 지 30년쯤 되는 해다. 30년 동안 시를 써 온 시인에게 시가 뭐냐고 물었더니 자신은 시인이 아직 되지 못해서 잘 모르겠다고 대답했다는 것이다. 이것은 그의 진심이었을 것이다. 강석경과의 대담에서 그는 "내 시, 그게 어디 쉽니까?"라고 하며 자기 같은 사람이 시인이라 불리니 "한국 문단도 썩었다"고 했다. 이러한 냉소와 부정의 태도는 전쟁의 참상과 전후의 폐허를 체험한 떠돌이 실향민의 허무의식에서 나온 것이다.

삼십년 동안 시를 써 온 시인이 스스로 시인이 못된다고 말하는 대목은 가슴을 저리게 한다. "인생은 살기 어렵다는데/ 시가 이렇게 쉽게 씌어지는 것은/ 부끄러운 일이다."(「쉽게 씌어진 시」)라는 윤동주의 순정한 고백이 떠오르기도 한다. 요즘은 모든 것이 가속화되어 등단한 지 일 년이 지나면 시집을 내고 십 년이 지나면 시에 통달한 듯한 태도를 취한다. 거기 비하면 허무주의에 바탕을 둔 김종삼의 엄격성은 세속에 대한 거부, 현실에 대한 비타협적 결벽성을 나타낸 것이다.

시인이 못 된다고 고백한 화자는 무교동과 종로와 명동과 남산과 서울역 앞을 걸어 남대문 시장에 이른다. 이 보행 코스는 실제 김종삼의 보행 코스를 말한 것이다. 그는 서울 거리를 천천히 걸어서 저물 무렵에 남대문 시장에 이른 것이다. 남대문

시장에는 무엇이 있는가? 지금은 백화점과 외국 관광객을 위한 쇼핑몰이 가득하지만 80년대 초까지는 전형적인 서민 시장이었다. 시장 입구에는 여러 가지 값싼 먹을거리가 좌판에 놓여 있었다. 거기서 좀 들어서면 잡화나 의류를 파는 가게와 리어카가 모여 있다. 어떤 상인은 리어카 위에 올라서서 "골라, 골라"를 연발하며 속옷을 팔았고, 어떤 상인은 "무조건 천원, 무조건 천원"을 외치며 바지를 팔았다. 타이어 튜브 같은 것을 하체에 두르고 바닥을 몸으로 기어 다니며 각종 물품을 파는 불구의 상인도 있었다.

이 사람들을 보며 김종삼은 바로 이 사람들이 고귀한 인류이고 영원한 광명이고 다름 아닌 시인이라고 말한다. 왜냐하면 그들은 "순하고 명랑하고 맘 좋고 인정이 있으므로 슬기롭게 사는 사람들"이기 때문이다. 슬기로움이라는 것도 어디서 배워서 나오는 것이 아니라 선량하고 인정스런 마음에서 우러나는 것이라는 점을 그는 분명히 하였다. 그러니까 김종삼에게 시인은 시를 능숙하게 쓰는 사람이 아니다. 사람이 지녀야 할 덕성을 올바르게 갖춘 사람이 시인이다. "인간다운 아름다움의 내면세계"(「연주회」)를 간직한 사람이 시인인 것이다. 남대문 시장 사람들이 가난하고 세상에서 소외된 약자에 불과하지만 부유하고 힘 있는 어떤 사람보다도 내면은 아름답다는 이야기를 전하고 싶은 것이다.

이 속에 담긴 김종삼의 속뜻은 무엇인가? 나는 이 시의 심층에 시인의 대단한 자존심이 숨어 있다고 생각한다. 그는 표면적으로는 시인이 못된다고 얘기했지만, 남대문 시장 안에 자진해서 걸어 들어가 빈대떡을 사 먹음으로써 어느덧 그들의 일원이 된 것이다. 금박 양장본으로 문학전집을 내는 시인은 못되지만, '세상의 알파이자 고귀한 인류, 영원한 광명, 진정한 시인'과 호흡을 같이 한다는 점에서 그는 분명 진정한 시인의 자리에 선 것이다. 이것은 지금 이렇게 가난과 병고에 시달리지만 어느 이름난 시인보다 내가 더 진정한 시인이라는 자긍(自矜)의 역설이기도 하다.

> 불쌍한 어머니
> 나의 어머니는 아들 넷을 낳았다
> 그것들 때문에 모진 고생만 하다가
> 죽었다 아우는 비명에 죽었고
> 형은 64세 때 죽었다
> 나는 불치의 지병으로 여러 번 중태에 빠지곤 했다
> 나는 속으로 치열하게 외친다
> 부인터 공동묘지를 향하여
> 어머니 나는 아직 살아 있다고
> 세상에 남길 만한
> 몇 줄의 글이라도 쓰고 죽는다고
> 그러나
> 아직도 못 썼다고

불쌍한 어머니
나의 어머니

_「어머니」 전문(『문예중앙』, 1983년 가을호)

이 시는 그가 병고에 시달리며 몇 차례의 자살 기도까지 벌인 마지막 단계에 쓴 시다. 한 번도 치열한 육성을 들려준 바 없는 그가, 언제나 나직한 풍경의 배음만을 들려주던 그가, 여기서는 "치열하게 외친다"고 했다. 죽음을 예감하며 이미 죽음의 세계로 간 아우와 형을, 그리고 어머니를 떠올리며 세상에 남길 만한 몇 줄의 글을 써야한다고 그래서 이대로 죽을 수는 없다고 처절하게 울부짖고 있다. 그러나 이 울부짖음도 "속으로" 외친다고 그는 적었다. 그는 자신의 생각을 속으로 뭉쳐 넣을 뿐 겉으로 울부짖는 사람이 아니다. 전창근의 진실도 혼자만 간직할 뿐 그 사연을 제대로 밝히지 않았다.

이 시를 발표하고 일 년 남짓 지나 세상을 떠났으니 이 시는 창작에의 의욕을 밝힌 그의 마지막 시이기도 하다. 이 시를 쓴 때로부터 20년 전에 쓴 「구고(舊稿)」(「물통」)를 함께 읽으면 "人間을 찾아다니며/ 물 몇 통 길어다 준 일"을 추구하던 그의 이상이 그의 뜻대로 실현되지 못했음에 마음의 통증을 느낀다. 그는 "세상에 남길 만한 몇 줄의 글"을 아직 못 썼다고, 그 글을 쓰고 죽고 싶다고 외쳤다. 고생만 하다 세상을 떠난 어머니를 떠올리며 그렇게 고생으로 살아온 자신의 생을 되돌아보며 창작을 향한 백조의 노래를 불렀다. "세상에 남길 만한 몇 줄의 글"을 위해 순사할 수 있음을 어머니에게 고백한 것이다.

그는 평생 소외된 약자였고 삶의 변방에 서서 그늘을 노래한 사람이었다. 가난과 고통에 시달리면서도, 인간을 찾아다니며 물 몇 통 건네주길 원했고, 죽음의 세계를 넘어선 생명의 나무를 꿈꿨고, 밤을 새워 세상에 남길 시를 쓰길 원했다. 그러한 자기 욕망의 한 쪽에는 세상에 버림받은 실패자로서의 낭패감이 상승의 의욕을 낚아채기도 했다. 그의 내면은 자멸과 신생이 교차하는 아이러니의 공간이었다. 그 고통의 아이러니 속에서 우리의 가슴을 때리는 시가 창조된 것은 그의 말대로 기적이고 축복이다. 이 기적과 축복의 시가 1950년대 막장 같은 폐허의 시대에서 1980년대 신기루 같은 허영의 시대까지 펼쳐졌다. 그것은 한 개인의 삶의 굴절을 반영함과 동시에 폐허와 허영 사이에 펼쳐진 시대의 굴곡까지 반영한다. 김종삼의 시는 그런 시대적 상징을 내포한다. "인간의 생명은 잠깐이라지만" 그의 시의 빛은 찬연하고 뜻은 풍성하다.

열네 살 때 읽은 「술래잡기」에서 비롯된 김종삼 시 읽기가 여기에 이르렀다. 그 사이 47년의 세월이 흘렀고, 철없던 중학생은 반백의 노교수가 되었다. 김종삼의 시는 생의 여러 고비에서 나에게 큰 위안을 주었다. 앞으로도 그러할 것이다. 다음에 또 어떤 글을 쓸지 모르지만, 김종삼의 시를 새롭게 찾아 읽으며 쓴 글을 여기서 마친다.

## 〈주〉

### 김종삼과의 만남

1 첫 발표 지면은 알려지지 않았다.

2 이 글에서는 만 나이로 적었다. 그러나 김종삼이 나이를 언급할 때 주로 우리식의 세는 나이를 사용했기 때문에 혼란을 피하기 위해 이 책에서는 전부 세는나이로 적는다.

3 『황동규 시전집』 1(문학과지성사, 1998)을 참고하여 어구 수정함.

### 폐허 속의 삶

1 이 「아데라이데」가 『누군가 나에게 물었다』에 수록된 「아데라이데」는 아닐 것이다.

2 보모가 있었던 것으로 보아 김종삼의 집안이 여유가 있었음을 짐작할 수 있다.

3 이 나이는 우리식 나이를 말한 것이다. 「어머니」(『문예중앙』, 1983년 가을호)에서 형 김종문이 64세에 사망했다고 했는데 이것 역시 김종문의 출생을 1918년으로 잡고 계산한 우리식 나이다. 김종문의 출생은 1919년으로 되어 있지만 실제 나이를 언급한 것 같다.

4 「하나의 죽음 - 고 전봉래 앞에」(『조선일보』, 1956. 4. 14.)와 「G 마이나」(『전쟁과 음악과 희망과』, 1957 ; 『십이음계』, 1969), 「지(地)」(『현대시학』, 1969. 7.)다. 「하나의 죽음」은 『전쟁과 음악과 희망과』에 「전봉래」로 수록되었고, 「G 마이나」에 '전봉래 형에게'라는 부제가 붙은 것은 『십이음계』부터다. 「지」는 첫 발표 때 '옛 벗 전봉래에게'라는 부제가 붙어 있었다.

5 김영태, 「열 개의 메모」, 『한국문학』, 1985. 2, 76쪽.

6 권명옥, 「조어의 시학 - 김종삼의 삶과 문학」, 『시와 소금』, 2012년 봄호, 48쪽.

### 전쟁 난민의 상처

1 「피난길」, 『문학사상』, 1975. 7.

2 「먼 '시인의 영역'」, 『문학사상』, 1973. 3.

3 여기에 대해 자세한 것은 이숭원, 『한국 현대시 연구의 맥락』, 태학사, 2014,

295쪽 참고.

4 첫 발표 지면은 알려지지 않았고, 『한국전후문제시집』(1961)과 『십이음계』(1969)에 수록되었다.

5 어법적으로는 '죽음'이 맞는 것 같지만 마네킹의 모습을 죽은 몸(주검)에 비유한 것으로 볼 수도 있어서 원본의 '주검'을 살렸다.

6 이처럼 첫 발표 때 제목이 다른 세 작품이 시집에 「아우슈뷔츠」라는 같은 제목으로 수록됨으로써 혼란이 일어났다. 혼동을 피하기 위해 처음 발표 제목을 살려 「아우슈비츠」, 「종착역 아우슈비츠」, 「아우슈비츠 라게르」로 구분해 부르는 것이 좋을 것이다.

7 『십이음계』와 『시인학교』 수록본 공히 마침표 표기에 일관성이 없기 때문에 마침표를 뺀 형태를 정본으로 삼았다.

8 『현대시』 5, 1963. 12, 200쪽. 원문대로 인용.

9 『십이음계』에 「아우슈비츠 2」로 수록되었지만, 앞에서 언급한 대로 혼동을 피하기 위해 첫 발표 때의 제목을 사용한다.

## 죽음의 기억과 자취

1 이 작품의 개작 과정에 대해서는 이숭원, 『한국 현대시 연구의 맥락』, 태학사, 2014, 286~289쪽 참고.

2 이 시는 『시문학』(1977. 6.)에 「장편」이라는 제목으로 재발표되었다. 『시인학교』(1977)에는 「두꺼비의 역사」라는 제목으로 수록되었는데, 이 때문에 후세의 시선집에 제목으로 인한 혼란이 일어났다.

3 동일한 제목의 작품을 구분하기 위해 작품의 첫 어구를 병기할 필요가 있다. 「올페 - 햇살이 눈부신」, 이런 식으로.

4 이 시행의 의미는 생사의 갈림길도 없다는 뜻이리라. 그렇다면 "죽음의 갈림길"이 맞는 말이겠지만 "주검의 갈림길"이라 해도 아주 잘못된 말은 아니다. 시인의 음감을 살려 원본대로 적는다.

5 스물두 살에 죽었으나 김종삼은 늘 '어린 동생'이라고 했다.

6 『월간문학』, 1983. 11.

7 『문예중앙』, 1983년 가을호.

## 생의 연민과 슬픔

1 김현, 『시와 시인을 찾아서』, 민음사, 1975, 42쪽.

2 시의 연 구분과 관련지어 한 가지만 지적하면 『북치는 소년』과 『평화롭

게』에는 "기척이 없고 無邊하였다"와 "안쪽 흙 바닥에는" 사이에 연이 나뉘어 있는데, 이것은 잘못된 것이다. 『십이음계』에 여기서 페이지가 바뀌기 때문에 오판한 것이다. 『십이음계』 앞의 수록본들은 이 시구가 앞의 행에 이어져 있다. 이것이 바로잡힌 것은 『김종삼 전집』(청하, 1988)에서다. 이 판본에는 앞의 두 선집의 오식인 "긴줄기"도 "길줄기"로 교정되어 있다.

3 김춘수, 「김종삼과 시의 비애」, 『김춘수 전집 2』, 문장, 1982, 437쪽.

4 김종삼이 '神羔'를 '신양'으로 읽는 것으로 착각했을 가능성에 대해 3장에서 설명한 바 있다.

5 「라산스카」 시편의 발표 순서와 서지 사항에 대해서는 이숭원, 『한국 현대시 연구의 맥락』, 태학사, 2014, 297~300쪽 참고.

6 김인환, 『상상력과 원근법』, 문학과지성사, 1993, 105쪽.

7 원문에 여기서 페이지가 바뀌기 때문에 연이 나뉘는 것인지 아닌지 판정하기 어렵다. 지면 배치와 문맥을 고려하여 이어지는 연으로 보고 옮겨 적는다.

8 이런 점 때문에 『시인학교』를 신뢰하지 않는다고 앞에서 몇 번 언급한 바 있다.

9 첫 발표지면은 알려지지 않았고 『십이음계』에 수록되었다.

10 첫 발표지면은 알려지지 않았고, 『누군가 나에게 물었다』에 수록되었다.

### 종교적 경건성과 음악의 아름다움

1 그의 개인 시집에는 수록되지 않았다.

2 2장에서 "버호니"를 성녀 베로니카로 추정할 수 있음을 설명했다.

3 이숭원, 『한국 현대시 연구의 맥락』, 태학사, 2014, 299쪽.

4 첫 발표지면은 알려지지 않았고 『누군가 나에게 물었다』에 수록되었다.

### 평화의 소망과 인정의 아름다움

1 그래서 권명옥 편, 『김종삼 전집』, 181쪽에서는 「내일은 꼭」을 「엄마」의 원시(原詩)로 보았다.

### 진정한 시인의 길

1 김종삼의 전집 미수록 작품에 대해서는 이숭원, 『한국 현대시의 맥락』(태학사, 2014), 303~305쪽 참고.

# 김종삼 시 연보

* 필자가 직접 확인한 내용을 바탕으로 작성했으며, 「개똥이」처럼 동일한 작품
이 『전시한국문학선』과 『전쟁과 음악과 희망과』에 수록된 경우 최초 발표
지면만 제시함.

| | |
|---|---|
| 뾰죽집이 바라보이는 | 『신영화』, 1954. 11. |
| 베르카 마스크 | 『전시한국문학선』, 1955. 6. 개작되어 『신 풍토』에 재발표. |
| 개똥이 | 『전시한국문학선』, 1955. 6. |
| 원정 | 『신세계』, 1956. 3. |
| 하나의 죽음 | 『조선일보』, 1956. 4. 14. 『전쟁과 음악과 희망과』에 「전봉래」로 수록. |
| 오동나무가 많은 부락입니다 | 『신세계』, 1956. 10. |
| 해가 머물러 있다 | 『문학예술』, 1956. 11. |
| 현실의 석간 | 『자유세계』, 1956. 11. 『신군상』(1958. 12) 에 「석간」으로 개작하여 재발표. |
| 그리운 안니 · 로 · 리 | 『전쟁과 음악과 희망과』, 1957. 4. |
| G 마이나 | 『전쟁과 음악과 희망과』, 1957. 4. |
| 돌각담 | 『전쟁과 음악과 희망과』, 1957. 4. 『한국전후문제시집』에 형태가 바뀌어 수록. |
| 전봉래 | 『전쟁과 음악과 희망과』, 1957. 4. |
| 받기 어려운 선물처럼 | 『전쟁과 음악과 희망과』, 1957. 4. |
| 어디메 있을 너 | 『전쟁과 음악과 희망과』, 1957. 4. |
| 종 달린 자전거 | 『문학예술』, 1957. 5. |

| | |
|---|---|
| 빛깔 깊은 꽃 피어 있는 시절에 대한 이야기 | 『조선일보』, 1957. 5. 15. |
| 의음(擬音)의 전통 | 『자유문학』, 1957. 9. |
| 시사회 | 『자유문학』, 1958. 4. |
| 추가(追加)의 그림자 | 『조선일보』, 1958. 6. 13. |
| 쑥내음 속의 동화 | 『지성』, 1958. 9. |
| 석간 | 『신군상』, 1958. 12. |
| 다리 밑 | 『자유문학』, 1959. 1. |
| 드빗시 산장 부근 | 『사상계』, 1959. 2. 『십이음계』에 「드빗시 산장」으로 수록. |
| 제작 | 『신풍토』, 1959. 6. |
| 드빗시 | 『신풍토』, 1959. 6. |
| 베루가마스크 | 『신풍토』, 1959. 6. |
| 책 파는 소녀 | 『자유공론』, 1959. 10. |
| 원색 | 『자유문학』, 1959. 11. |
| 베들레헴 | 『한국문학전집 35 시집 하권』, 1959. 11. |
| 올훼의 유니폼 | 『새벽』, 1960. 4. 『한국시선』에 「올페의 유니폼」으로 수록. |
| 토끼똥 · 꽃 | 『현대문학』, 1960. 5. 『한국전후문제시집』에 「오월의 토끼똥 · 꽃」으로 수록. |
| 어둠 속에서 온 소리 | 『경향신문』, 1960. 9. 23. |
| 십이음계의 층층대 | 『현대문학』, 1960. 11. |
| 주름간 대리석 | 『현대문학』, 1960. 11. |
| 문짝 | 『자유문학』, 1960. 12. |
| 전주곡 | 『현대문학』, 1961. 7. |
| 라산스카 | 『현대문학』, 1961. 7. 『본적지』에 수록. |
| 부활절 | 『한국전후문제시집』, 1961. 10. |
| 오월의 토끼똥 · 꽃 | 『한국전후문제시집』, 1961. 10. |

김종삼의 시를 찾아서

| | |
|---|---|
| 마음의 울타리 | 『한국전후문제시집』, 1961. 10. |
| 원두막 | 『한국전후문제시집』, 1961. 10. |
| 둔주곡 | 『한국전후문제시집』, 1961. 10. |
| 이 짧은 이야기 | 『한국전후문제시집』, 1961. 10. |
| | 『신동아』(1977. 2)에 「평범한 이야기」로 |
| | 개제하여 재발표. |
| 여인 | 『한국전후문제시집』, 1961. 10. |
| 라산스카 | 『자유문학』, 1961. 12. |
| 구고(舊稿) | 『현대시』 1, 1962. 6. 『본적지』에 「물통」으 |
| | 로 수록. |
| 초상·실종 | 『현대시』 1, 1962. 6. |
| 검은 올페 | 『자유문학』, 1962. 8. |
| 일기예보 | 『현대시』 2, 1962. 10. |
| 하루 | 『현대시』 2, 1962. 10. |
| 모세의 지팡이 | 『현대시』 2, 1962. 10. |
| 피크닉 | 『현대시』 3, 1963. 1. |
| 음(音) | 『현대시』 3, 1963. 1. |
| 요한 쎄바스챤 | 『현대시』 4, 1963. 6. |
| 라산스카 | 『현대시』 4, 1963. 6. |
| | 『풀과 별』(1973. 7)에 개작하여 재발표. |
| 아우슈비츠 | 『현대시』 5, 1963. 12. |
| 단모음 | 『현대시』 5, 1963. 12. |
| | 『시문학』(1973. 7)에 「트럼펫」으로 재발표. |
| 이 사람을 | 『현대시』 5, 1963. 12. |
| | 「기동차가 다니던 철뚝길」로 개제되어 『시 |
| | 인학교』 수록. |
| 나의 본적 | 『현대문학』, 1964. 1. |

| | |
|---|---|
| 쎄잘 프랑크의 음 | 『지성계』, 1964. 7. |
| 오빠 슈샤인 | 『현대시』 6, 1964. 11. 『한국시선』에 「동시」로 수록. |
| 몇 해 전에 | 『현대시』 6, 1964. 11. |
| 화실 환상 | 『문학춘추』, 1964. 12. 「아뜨리에 환상」으로 개제되어 『십이음계』 수록. |
| 발자국 | 『문학춘추』, 1964. 12. 개작하여 『시문학』(1976. 4)에 재발표. |
| 문장수업 | 『문학춘추』, 1964. 12. |
| 나의 본(本) | 『문학춘추』, 1964. 12. |
| 종착역 아우슈비츠 | 『문학춘추』, 1964. 12. |
| 음악 | 『문학춘추』, 1964. 12. |
| 무슨 요일일까 | 『현대문학』, 1965. 8. |
| 생일 | 『문학춘추』, 1965. 11. |
| 소리 | 『조선일보』, 1965. 12. 5. |
| 샹뻬 | 『신동아』, 1966. 1. |
| 배음 | 『현대문학』, 1966. 6. |
| 배 | 『자유공론』, 1966. 7. |
| 나 | 『자유공론』, 1966. 7. |
| 오학년 일반 | 『현대시학』, 1966. 7. |
| 지대 | 『현대시학』, 1966. 7. |
| 스와니강이랑 요단강이랑 | 『52인 시집』, 1967. 1. |
| 북치는 소년 | 『52인 시집』, 1967. 1. |
| 앙포르멜 | 『52인 시집』, 1967. 1. |
| 달구지 길 | 『조선일보』, 1967. 10. 1. |
| 라산스카 | 『신동아』, 1967. 10. |
| 시체실 | 『현대문학』, 1967. 11. |

김종삼의 시를 찾아서

| | |
|---|---|
| 미사에 참석한 이중섭씨 | 『현대문학』, 1968. 8. |
| 휴가 | 『동아일보』, 1968. 9. 5. |
| 동시 | 『한국시선』, 1968. 10. |
| 올페의 유니폼 | 『한국시선』, 1968. 10. |
| 물통 | 『본적지』, 1968. 11. |
| 평화 | 『십이음계』, 1969. 6. |
| 묵화 | 『십이음계』, 1969. 6. |
| 왕십리 | 『십이음계』, 1969. 6. |
| 잿더미가 있던 마을 | 『십이음계』, 1969. 6. |
| 비옷을 빌어 입고 | 『십이음계』, 1969. 6. |
| 술래잡기 | 『십이음계』, 1969. 6. |
| 지(地) | 『현대시학』, 1969. 7. |
| 67년 1월 | 『현대시학』, 1970. 5. |
| 연인의 마을 | 『현대문학』, 1970. 5. |
| 민간인 | 『현대시학』, 1970. 11. |
| 개체 | 『월간문학』, 1971. 5. |
| 두꺼비의 역사 | 『현대문학』, 1971. 8. 『시문학』(1977. 6)에 「장편」으로 재발표. |
| 엄마 | 『현대시학』, 1971. 9. 『시문학』(1977. 2)에 「내일은 꼭」으로 재발표. |
| 고장난 기체 | 『현대시학』, 1971. 9. |
| 고향 | 『문학사상』, 1973. 3. |
| 시인학교 | 『시문학』, 1973. 4. |
| 피카소의 낙서 | 『월간문학』, 1973. 6. |
| 트럼펫 | 『시문학』, 1973. 7. |
| 스와니강 | 『동아일보』, 1973. 7. 7. |
| 첼로의 PABLO CASALS | 『현대시학』, 1973. 9. |

| | |
|---|---|
| 올페 | 『심상』, 1973. 12. |
| 유성기 | 『현대시학』, 1974. 3. |
| 한 마리의 새 | 『월간문학』, 1974. 9. |
| 투병기 2 | 『문학과 지성』, 1974년 겨울호. |
| 투병기 3 | 『문학과 지성』, 1974년 겨울호. |
| 달 뜰 때까지 | 『문학과 지성』, 1974년 겨울호. |
| 투병기 | 『현대문학』, 1975. 1. |
| 연인 | 『현대시학』, 1975. 2. |
| 꿈나라 | 『심상』, 1975. 4. |
| 산 | 『시문학』, 1975. 4. |
| 장편 | 『시문학』, 1975. 4. |
| 원정 | 『조선일보』, 1975. 6. 4. |
| 허공 | 『문학사상』, 1975. 7. |
| 어부 | 『시문학』, 1975. 9. |
| 장편 | 『시문학』, 1975. 9. |
| 불개미 | 『시와 의식』, 1975. 9. |
| 올페 | 『시와 의식』, 1975. 9. |
| 가을 | 『신동아』, 1975. 12. |
| 발자국 | 『시문학』, 1976. 4. |
| 장편 | 『시문학』, 1976. 4. |
| 장편 | 『심상』, 1976. 5. |
| 꿈속의 나라 | 『현대문학』, 1976. 11. |
| 라산스카 | 『월간문학』, 1976. 11. |
| 장편 | 『월간문학』, 1976. 11. |
| 새 | 『심상』, 1977. 1. |
| 장편 | 『심상』, 1977. 1. |
| 걷자 | 『현대시학』, 1977. 1. |

김종삼의 시를 찾아서

| | |
|---|---|
| 아우슈비츠 라게르 | 『한국문학』, 1977. 1. |
| 샤이안 | 『시문학』, 1977. 2. |
| 내일은 꼭 | 『시문학』, 1977. 2. |
| 평범한 이야기 | 『신동아』, 1977. 2. |
| 미켈란젤로의 한낮 | 『문학과 지성』, 1977년 봄호. |
| 성하(聖河) | 『문학과 지성』, 1977년 봄호. |
| 실록 | 『문학과 지성』, 1977년 봄호. |
| 파편 | 『월간문학』, 1977. 6. |
| 동트는 지평선 | 『시문학』, 1977. 6. |
| 장편 | 『시문학』, 1977. 6. |
| 서시 | 『시인학교』, 1977. 8. |
| 대화 | 『시인학교』, 1977. 8. |
| 서부의 여인 | 『시인학교』, 1977. 8. |
| 바다 | 『시인학교』, 1977. 8. |
| 외출 | 『현대문학』, 1977. 8. |
| 뜬구름」 | 『월간문학』, 1978. 1. |
| 운동장 | 『한국문학』, 1978. 2. |
| 풍경 | 『현대문학』, 1978. 2. |
| 행복 | 『문학사상』, 1978. 2. |
| 형(刑) | 『월간문학』, 1978. 5. |
| 앤니 로리 | 『세대』, 1978. 5. 개작하여 『현대문학』(1979. 10)에 재발표. |
| 앞날을 향하여 | 『심상』, 1978. 8. |
| 시작 노우트 | 『현대문학』, 1978. 9. |
| 사람들 | 『시문학』, 1978. 10. |
| 산 | 『월간문학』, 1978. 10. |
| 최후의 음악 | 『현대문학』, 1979. 2. |

「동산」으로 개제하여 『평화롭게』 수록.

| | |
|---|---|
| 성당 | 『현대문학』, 1981. 8. |
| 제작 | 『현대문학』, 1981. 10. |
| 장편 | 『문학사상』, 1982. 2. |
| 전정(前程) | 『신동아』, 1982. 4. |
| 한 골짜기에서 | 『세계의 문학』, 1982년 여름호. |
| 소리 | 『동아일보』, 1982. 7. 24. |
| 라산스카 | 『누군가 나에게 물었다』, 1982. 8. |
| 헨쎌라 그레텔 | 『누군가 나에게 물었다』, 1982. 8. |
| | 『평화롭게』에는 「헨쎌과 그레텔」로 수정됨. |
| 아데라이데 | 『누군가 나에게 물었다』, 1982. 8. |
| 평화롭게 | 『누군가 나에게 물었다』, 1982. 8. |
| 소공동 지하상가 | 『누군가 나에게 물었다』, 1982. 8. |
| 겨울 피크닉 | 『누군가 나에게 물었다』, 1982. 8. |
| 음역 | 『누군가 나에게 물었다』, 1982. 8. |
| 여름 성경 학교 | 『누군가 나에게 물었다』, 1982. 8. |
| 여수(女囚) | 『누군가 나에게 물었다』, 1982. 8. |
| 따뜻한 곳 | 『누군가 나에게 물었다』, 1982. 8. |
| 누군가 나에게 물었다 | 『누군가 나에게 물었다』, 1982. 8. |
| 장님 | 『문예중앙』, 1982년 여름호. |
| 검은 문 | 『문예중앙』, 1982년 여름호. |
| 전창근 선생님 | 『문예중앙』, 1982년 여름호. |
| 등산객, | 『월간문학』, 1982. 9. |
| 나의 주 | 『문학사상』, 1982. 10. |
| 극형 | 『현대문학』, 1982. 12. |
| 백발의 에즈라 파운드 | 『현대문학』, 1983. 5. |
| 길 | 『월간문학』, 1983. 6. |

| | |
|---|---|
| 나무의 무리도 슬기롭다 | 『세계의 문학』, 1983년 여름호. |
| 산과 나 | 『세계의 문학』, 1983년 여름호. |
| 벼랑바위 | 『문예중앙』, 1983년 가을호. |
| 비시(非詩) | 『문예중앙』, 1983년 가을호. |
| 어머니 | 『문예중앙』, 1983년 가을호. |
| 꿈속의 향기 | 『월간문학』, 1983. 11. |
| 죽음을 향하여 | 『월간문학』, 1983. 11. |
| 사별(死別) | 『현대문학』, 1983. 11. |
| 1984 | 『동아일보』, 1984. 2. 11. |
| 꿈의 나라 | 『문학사상』, 1984. 3. |
| 나의 주 | 『평화롭게』, 1984. 5. |
| 이산가족 | 『학원』, 1984. 5. |
| 심야 | 『학원』, 1984. 5. |
| 오늘 | 『학원』, 1984. 5. |
| 한 계곡에서 | 『한국일보』, 1984. 5. |
| 기사(記事) | 『한국문학』, 1984. 6. |
| 연인 | 『현대문학』, 1984. 7. |
| 아름다움의 깊은 뿌리 | 『세계의 문학』, 1984년 가을호. |
| 장편 | 『세계의 문학』, 1984년 가을호. |
| 실기 | 『월간문학』, 1984. 9. |
| 전정(前程) | 『문학사상』, 1984. 11. |
| 나 | 『문학사상』, 1985. 3. |
| 북녘 | 『문학사상』, 1985. 3. |
| 아리랑고개 | 『문학사상』, 1985. 3. |
| 무제 | 『문학사상』, 1985. 3. |
| 무제 | 『문학사상』, 1985. 3. |
| 궂은 날 | 발표지 미상 『김종삼 전집』, 2005. 10. |

# 김종삼 관련 시집 수록 작품 목록

『전시한국문학선 시편』(1955. 6)
베르카 마스크
개똥이

『전쟁과 음악과 희망과』(1957. 4)
그리운 안니 · 로 · 리
G · 마이나
돌각담
뾰죽집이 바라보이는
원정
해가 머물러 있다
전봉래
받기 어려운 선물처럼
어디메 있을 너
개똥이

『신풍토』(1959. 6)
제작
드빗시
베루가마스크

『한국문학전집 35 시집 하권』
(1959. 11)
베들레헴
원정
드빗시 산장 부근
그리운 안니 · 로 · 리
G · 마이나

『한국전후문제시집』(1961. 10)
주름간 대리석
부활절
문짝
오월의 토끼똥 · 꽃
마음의 울타리
어둠 속에서 온 소리
돌각담
원색
십이음계의 층층대
올훼의 유니폼
원두막
둔주곡
이 짧은 이야기

두꺼비의 역사
시인학교

『북치는 소년』(1979. 5)
물통
북치는 소년
스와니강이랑 요단강이랑
어부
휴가
올페
아틀리에 환상
미사에 참석한 이중섭 씨
상뼁
앙포르멜
십이음계의 층층대
기동차가 다니던 철둑길
묵화
드뷔시 산장
대화
한 마리의 새
평화
무슨 요일일까
배음
고향
그리운 안니 로 리
원정
돌각담

뾰죽집
G 마이나
원두막
아우슈비츠 1
아우슈비츠 2
나의 본적
술래잡기
주름 간 대리석
피카소의 낙서
문장 수업
소리
왕십리
생일
음악
몇 해 전에
라잔스카
부활절
서시
허공
민간인
장편 1
장편 2
장편 3
장편 4
가을
스와니강
꿈속의 나라

『평화롭게』(1984. 5)

백발의 에즈라 파운드
평화롭게
한 마리의 새
성하
물통
묵화
민간인
기동차가 다니던 철둑길
생일
허공
북치는 소년
고향
길
꿈 속의 향기
등산객
벼랑바위
비시
어머니
헨쎌과 그레텔
꿈이었던가
소리
그라나드의 밤
G 마이나
또 한 번 날자꾸나
샹펭
라산스카

극형
올페
5학년 1반
개똥이
주름 간 대리석
실기
추모합니다
투병기
소금 바다
돌각담
형
앤니로리
술래잡기
부활절
새
새벽
무슨 요일일까
미사에 참석한 이중섭씨
가을
풍경
운동장
장편
제작
앙포르멜
연주회
글짓기
나의 본적

김종삼의 시를 찾아서

# 참고문헌

강계숙, 「김종삼 시의 재고찰」, 『한국학연구』 30, 2013. 6.

강계숙, 「김종삼의 후기 시 다시읽기」, 『동아시아문화연구』 55, 2013. 11.

강석경, 『일하는 예술가들』, 열화당, 1986.

강연호, 「김종삼 시의 내면의식 연구」, 『현대문학이론연구』, 18, 2002. 12.

강연호, 「김종삼 시의 대립공간 연구」, 『현대문학이론연구』 31, 2007. 8.

고형진, 「김종삼의 시 연구」, 『상허학보』 12, 2004. 2.

공현진, 「김종삼 시의 공간성 연구」, 중앙대 석사논문, 2015. 2.

권명옥, 「적막의 미학」, 『한국문예비평연구』 15, 2004. 2.

권명옥, 「은폐성의 정서와 시학」, 『한국시학연구』 11, 2004. 11.

권명옥 편, 『김종삼 전집』, 2005. 10.

권명옥, 「조어의 시학 - 김종삼의 삶과 문학」, 『시와 소금』, 2012년 봄호.

김기택, 「김종삼 시의 현실 인식 방법의 특성 연구」, 『한국시학연구』 12, 2005. 4.

김성조, 『부재와 존재의 시학 - 김종삼의 시간과 공간』, 국학자료원, 2013.

김승희, 「김종삼 시의 전위성과 미니멀리즘 시학 연구」, 『비교한국학』 16, 2008. 5.

김양희, 「김종삼 시의 환상성」, 『동남어문논집』 37 2014. 5.

김양희, 「김종삼 시에서 '음악'의 의미」, 『한민족어문학회』 69, 2015. 4.

김영태, 「열 개의 메모」, 『한국문학』, 1985. 2.

김옥성, 『현대시의 신비주의와 종교적 미학』, 국학자료원, 2007.

김용희, 『한국 현대 시어의 탄생』, 소명출판, 2009.

김윤정, 「김종삼 시 창작의 위상학적 성격 연구」, 『한민족어문학』 65, 2003. 12.

김인환, 『상상력과 원근법』, 문학과지성사, 1993.

김주연, 「비세속의 시」, 『김종삼 전집』, 청하, 1988.

김준오, 「완전주의, 그 절제의 미학」, 『스와니강이랑 요단강이랑』, 미래사, 1991.

김지녀, 「'라산스카'의 의미에 대한 시론」, 『한국문학이론과 비평』 60, 2013. 9.

김춘수, 「김종삼과 시의 비애」, 『김춘수 전집 2』, 문장, 1982.

김현, 『시와 시인을 찾아서』, 민음사, 1975.

김화순, 『김종삼 시 연구』, 월인, 2011.

나희덕, 「김종삼의 '라산스카' 시편들에 대하여」, 『문학들』, 2015년 봄호.

남진우, 『미적 근대성과 순간의 시학』, 소명출판, 2001.

류순태, 「김종삼 다시 읽기」, 『오늘의 문예비평』, 2007년 봄호.

류순태, 「김종삼 시에 나타난 현대미술의 영향 연구」, 『국어교육』 125, 2008. 2.

박민규, 「김종삼 시에 나타난 추상미술의 영향」, 『어문논집』 59, 2009. 4.

박민규, 「김종삼 시의 숭고와 그 의미」, 『아시아문화연구』 33, 2014. 3.

박선영, 「김종삼 시에 나타난 '죽음'의 은유적 미감 연구」, 『한국문학논총』 65, 2013. 12.

박선영, 「김종삼 시의 생명의식과 은유의 상관성 연구」, 『어문논총』 60, 2014. 6.

박현수, 「김종삼 시와 포스트모더니즘의 수사학」, 『우리말글』 31, 2004. 8.

서영희, 「김종삼 시의 형식과 음악적 공간 연구」, 『어문논총』 53, 2010. 12.

손민달, 「김종삼 시에 나타난 '술'의 특징 연구」, 『한민족어문학』 61, 2012. 8.

송경호,『김종삼 읽기 - 상실과 환상의 사이에서』, 한국학술정보, 2010. 5.

신동옥,「김종삼 시에 나타난 병치 기법과 내면 의식의 공간화 양상 연구」,『한국시학연구』42, 2015. 4.

신철규,「김종삼 시와 원전비평의 과제」,『국제어문』60, 2014. 3.

신철규,「하늘과 땅 사이를 비껴가는 노래, '라산스카'」,『현대시학』, 2014. 11.

심재휘,「김종삼 시의 공간과 장소」,『아시아문화연구』30, 2013. 5.

엄경희,「김종삼 시에 나타난 유미적 표상과 도덕 감정의 유기성 연구」,『어문연구』162, 2014. 6.

여태천,「1950년대 언어적 현실과 한 시인의 실험적 시쓰기」,『한국문학이론과 비평』59, 2013. 6.

오형엽,「풍경의 배음과 존재의 감춤」,『1950년대의 시인들』, 나남, 1994.

오형엽,「전후 모더니즘 시의 음악성과 시의식 - 전쟁과 사랑과 음악과를 중심으로」,『한국시학연구』25, 2009. 8.

오형엽,「광야에서 영원을 찾는 순례」,『그대 시를 사랑하리』, 책만드는집, 2014.

유채영,「김종삼 시에 나타난 음악과 주체의 상호 생성적 관계 연구」, 서울대 석사논문, 2015. 2.

이민호,『김종삼의 시적 상상력과 텍스트성』, 보고사, 2004.

이성민,「김종삼 시 다시 읽기」,『인문학연구』49, 2015. 2.

이숭원,「김종삼의 시세계」,『국어교육』53·54, 1985. 12.

이숭원,「김종삼 시에 나타난 죽음과 삶」,『현대시』, 1991. 1.

이숭원,「폐허 속의 축복, 생의 아이러니」,『동서문학』, 2001년 겨울호.

이숭원,『한국 현대시 연구의 맥락』, 태학사, 2014. 12.

이숭원,「김종삼 시의 정본 비정(批正)을 위하여」,『문학·선』, 2015년 봄호.

이승훈, 「평화의 시학」, 『평화롭게』, 고려원, 1984.

장동석, 「김종삼 시에 나타난 "결여"와 무의식적 욕망 연구」, 『한국문예비평연구』 26, 2008, 8.

장석주 편, 『김종삼 전집』, 청하, 1988. 12.

조용훈, 「김종삼 시에 나타난 음악적 기법 연구」, 『국제어문』 59, 2013. 12.

한명희, 『현대시와 오이디푸스 콤플렉스』, 울력, 2009.

허금주, 『한국 현대시인 탐구』, 리토피아, 2009.

황동규, 「잔상의 미학」, 『문학과 지성』, 1978년 겨울호.

황현산, 「김종삼과 죽은 아이들」, 『현대시학』, 1999. 9.

황현산, 「김종삼의 '베르가마스크'와 '라산스카'(1)」, 『문예중앙』, 2014년 가을호.

황현산, 「김종삼의 '베르가마스크'와 '라산스카'(2)」, 『문예중앙』, 2014년 겨울호.